AF295474

Anna Wahlqvist

Den Röda Kappan

www.annawahlqvist.se

Omslagsfoto och grafik: Ulrika Pedersén

Omslagsidé: Anna Wahlqvist

Modell: Sofia Wahlqvist Slättung

Förlag: BoD · Books on Demand, Östermalmstorg 1, 114 42 Stockholm, Sverige, bod@bod.se
Tryck: Libri Plureos GmbH, Friedensallee 273, 22763 Hamburg, Tyskland

ISBN: 978-91-8080-886-6

FSC
www.fsc.org
MIX
Papper från
ansvarsfulla källor
Paper from
responsible sources
FSC® C105338

Till

Alla mina barn

och elever

Tack också till

Mina andra kärlekar,

familj, vänner,

kollegor och bekanta

Och till dig, kära främling,

för att du läser min bok

Snart är det som att vi också

känner varandra!

Prolog

Han sitter kvar länge efteråt, vid tjärnen, dold bakom stenblocket. Viken framför honom är blank, som smält metall. Hjärtat har kommit till sans i bröstet. Det som skulle ske har skett. Det är över.

Klipporna speglar sig i vattenytan, ser ut att dyka ned mot bottnen av tjärnen, i bakåtvolt. En bris krusar vattnet, hamrar metallen, får håret att ställa sig upp på hans bara underarmar. Han kavlar ner ärmarna över händerna, värmer dem innanför tyget.

Då upptäcker han att höger ärmslut är fläckat av blod. Även handleden, faktiskt.

Just det, blyertspennan! Vart tog den vägen? Om den inte redan har beslagtagits, borde han ta hand om den. Också som ett minne. Makabert? Jovars.

Han ser sig om, hör ett svagt prasslande i snåren på andra sidan gångbanan. Bara en fågel. Inga fler poliser, helikoptrar, nyfikna förbipasserande. Han kliver upp från sin plats. Vänster höft har fått sig en spark i tumultet, den ömmar. Han tar sig försiktigt tillbaka till där det hände. Till platsen. Han granskar den noga.

Den blåvita avspärrningstejpen är borttagen, sånär som på en liten bit virad runt en av trädstammarna. Efter en stund hittar han faktiskt pennan intill stigen. Den är också blodig, pennspetsen är avbruten. Han tvättar av den i vattenbrynet intill, och handleden. Händerna blir ännu kallare, stela.

Ibland händer det mest osannolika. Allt verkar vara alldeles som vanligt, vardagligt, civiliserat. Men någonstans där under ytan sätts en lätt rörelse igång. En rörelse som först inte tycks ha någon tydlig riktning. Det kan verka oskyldigt till en början, oansenligt och slumpmässigt. Men det är väl det som kallas kaosteori; en fjärils vingslag blir till en orkan på andra sidan jorden.

Något blir ohållbart. Någon måste stoppas.

Och livets skörhet blottas, i all sin råhet och ofrånkomlighet. Människor väcks ur sin oskuldsfulla slummer och naturens urkrafter frigörs. De vi är gjorda av, de vi kommer ifrån, de som bär oss.

Kanske har vi alla på något sätt tillgång till den kraften? Så verkade det faktiskt. Det kunde ha slutat hur som helst idag. Men det gick vägen.

Så börjar en plan formera sig i hans huvud. Just det, så ska han göra. Perfekt. Dåså, det finns ingen tid att spilla, lika bra att skrida till verket.

Och nu kurrar magen. Han reser sig och börjar långsamt vandra tillbaka mot staden, något haltande, medan kvällen svartnar mellan trädstammarna.

Det ligger någon
på stigen

Regnet hänger i luften över Delsjöns friluftsområde när matbudet Ahmed kommer puttrande på företagets moped, nerför backen mot Härlanda tjärns badplats. Då ser han att en polishelikopter har landat mitt på sandstranden. Vad gör den här? Ska poliserna ha rast? Ta ett dopp, i det här vädret? Men ingen syns till.

Ahmed kör vidare och förfasas istället över en soppåse som ligger söndertrasad mitt i vägen för honom, med innehållet utspritt över vägbanan. Ingen ordning på någonting alls här idag, verkar det som. De ansvariga för nedskräpningen, en flock kajor, fladdrar iväg i kraxande skurar när han kör förbi. Som svarta löv för vinden, tänker Ahmed och skakar bistert på huvudet. En rörelse anas från skogsbrynet intill, ett par ögon. Ett djur som drar sig tillbaka in i skuggorna. En räv?

Han har inget emot det här jobbet, det är skönt att vara på väg. Och genvägen genom skogen sparar honom en bra stund. Men nu när sommaren är på väg, är det som om naturen tar över igen. Nässlor, nytt illande grönt gräs, det spränger fram med en obeveklig kraft. Det är som det ska vara, såklart. Men kajor, och rävar? Det är ändå en liten aning obehagligt.

När Ahmed kör in på gångvägen utmed tjärnen, ser han att det pågår något oväntat där lite längre fram. Två, nej tre, polisklädda personer rör sig mellan träden, en av dem håller på att dra blåvit avspärrningstejp tvärsöver gångbanan. Ahmed stänger av motorn och börjar leda mopeden närmare avspärrningen. Den mustaschprydde polismannen i övre medelåldern höjer en hand mot honom.

"Avspärrat här!" ropar han. "Brottsplats!"

När polismannen vänder på huvudet passar Ahmed på att kika in mellan honom, trädstammarna och det stora stenblocket.

Det är visst några fler som står på gångbanan, eller snarare bredvid den, delvis skymda av klippan. En lång, storvuxen man håller om någon, en ung kvinna? Utan tvekan. Det går inte ta miste på det hjärtskärande ljudet av en kvinnas gråt.

Men hjälp, ligger det någon där på stigen? Jo, men det gör det faktiskt. På mage. Skadad?

Eller…död?

Kroppen har visst något slags rött tyg över sig. Ahmed sträcker på halsen. Ja, det ser ut som en röd jacka, eller en kappa. En polisklädd kvinna står böjd över kroppen.

Den mustaschprydde vänder sig återigen mot Ahmed.

"Så, nu är det bra! Du får ta en annan väg med ditt käk!"

Ahmed lägger handen på hjärtat och sänder en tanke till de drabbade.

Gud, förbarma dig över dina barn. Inshallah.

Sedan startar han mopeden och kör tillbaka samma väg han kom, genom villaområdet, nu något sen med leveransen.

Naturen, ja, tänker han, medan han puttrar uppför berget, tillbaka genom Björkekärrs villaområde. Naturen är oberäknelig. Men värst är kanske ändå den mänskliga naturen?

Morgonen det börjar

Jonna vaknar på rygg i sängen, naken och utan täcke. Lakanet är skrynkligt. Hon vrider sig mot fönstret, sträcker sig efter täcket och drar det runt sig i en enda rörelse. Sluter ögonen igen, glider halvvägs tillbaka in i sömnen. Ett landskap, en skog? Och ett djur. Alltid detta djur. Varg igen, den här gången?

Men ljuset tränger igenom och hon öppnar motvilligt ögonen. Det måste vara tidigt men rullgardinen når inte hela vägen ner mot marmorskivan i fönstret. Någon i huset spolar i en kran och en hund ute på gatan ger ifrån sig två korta skall. Drömmen släpper, för snabbt för att hon ska hinna fånga synerna innan de bleknar.

Något är annorlunda. Är det en doft?

Inom några sekunder börjar den mjuka melodin spela, den hon valt. När hon sträcker sig efter telefonen glömmer hon att skärmen är sprucken och skär sig på långfingrets spets. Blodet är mörkt och djuprött. Hur länge sedan var det hon såg blod? Det rinner mellan fingrarna och nerför armen, hon får fart, slänger benen över sängkanten och stapplar ut i badrummet.

Långfingret är snart omplåstrat men spegelbilden inte uppmuntrande. Huden runt ögonen är mörk och resten av ansiktet blekt, efter att hon knappt varit utomhus på flera veckor. Hon klär sig, väljer plaggen med omsorg och fixar sig inför dagen, som alla andra dagar. Väl valda rutiner, noggranna vanor, äldre än hon kan minnas. Varför gör hon detta varje morgon? Det leder ju ändå ingenvart? Men idag känns något lite annorlunda. Kanske kommer hon faktiskt iväg?

I hela lägenheten syns spår, eller snarare kratrar, efter fröken Kaos, eller Nathalie Kuchta, som hon ju egentligen heter, och hennes härliga vänner. Diskbänken är överfull av glas, flaskor, burkar och halvtömda chipsskålar, i vardagsrummet ligger en matta slängd åt sidan, chipssmulor på golvet. Det drar från ett fönster som står på glänt, bredvid står ett vattenglas med fimpar i.

Jonna hade varit uppe under natten och bett dem vara tysta. Det hade hjälpt en liten aning och i natt hade hon faktiskt lyckats somna om. Det ligger inte heller några främmande människor och sover på soffan, det är ju alltid trevligt.

Dörren till den andras sovrum är stängd och det är nu knäpptyst i de båda unga kvinnornas märkliga gemensamma hem. Yin och yang, som en av Nathalies enerverande bekanta sarkastiskt kallar dem. Spara och Slösa, säger Jonathan. Som om de vore ett par, eller ens vänner. Nathalie är inte hennes vän, hon är ett inbördeskrig. Men Jonna behöver ett sovrum i denna stad av uppgiven bostadsbrist och Nathalie behöver pengarna från en skötsam hyresgäst, och så oheligt kan ett äktenskap se ut. Det är ändå synd att det är hon själv som är den inneboende, det är svårare att sparka ut den som står på kontraktet. Och de stunder när hon är ensam här, när det doftar nystädat och kaffe, och solen blänker i de höga köksfönstren. Då tänker hon att hon faktiskt kunde ringa någon hon känner, någon som kunde komma hit, laga mat tillsammans, kanske se en film.

Eller bara skratta.

Men hon har väl inte några vänner kvar längre, sedan hon blev sämre. De skulle undra var hon varit, varför hon inte svarat, om hon tror sig vara bättre, inte behöva dem. Vad det är för fel på henne. Inte för de kunde räknas som vänner tidigare heller direkt. Bekanta.

Hon har ju Jonathan förstås. Sin fine, mjuke lillebror, med den nu breda bringan men ännu fjuniga, blonda skäggstubben. Tänk om hon kunde bo här med Jonathan. Med honom, men utan hans kriminella vänner i portuppgången.

Inga fimpar ligger och pyr i soffhörnen, så hon ger sig på diskbänken. Hon är van, och hinner med en kopp kaffe med varm mjölk, en skål grekisk yoghurt med müsli och gårdagens gratistidning, innan det är dags att gå hemifrån.

Försöka gå hemifrån.

Hur är vädret idag? Hon öppnar sovrumsfönstret, vid den franska balkongen. Det är vår, det är tydligt nu. Det är tidigt på morgonen men fläkten som drar in från skogen känns frisk, inte kall. Det är en blandning av flera dofter, multna löv, något sött, som blommor eller nytt gräs. Och något helt annat, nästan fränt.

Då minns Jonna brottstycken från nattens dröm, och något mer: Kolmårdens djurpark, för säkert minst tio år sedan. Med pappa, det måste ha varit något år innan han dog. Hon kunde varit sexton, sjutton år och körde honom i rullstolen. Jonathan var också med och han var helt fascinerad av vargarna. De ställde sig vid inhägnaden, spanade in över området, in bland träden och klippblocken. Men hon visste bara. Vargarna är inte här. Jonathan hade inte trott henne men hon hade vetat det med säkerhet. Inga vargar i närheten, lika bra att gå till nästa hägn. På vägen tillbaka mot utgången hade de börjat närma sig samma plats igen. Och då, redan på långt avstånd, kände hon den. Svagt men distinkt, den fräna doften av rovdjur. Hon lämnade rullstolen till Jonathan och sprang i förväg nerför den solfläckiga backen, egendomligt upprymd. Och där, under de höga träden, kunde hon urskilja dem. Sju, åtta individer. Vuxna djur, lite luggslitna, med beige päls nedtill och gråa över ryggen. Ganska beniga, och flera valpar. En av de största såg rakt in i hennes ögon. Alfahonan, tänkte Jonna, och kanske var det hennes ungar? De mätte varandra med blicken, vargen och hon, och en underlig känsla kom över henne. Hon kunde inte identifiera den då, och det kan hon inte heller nu, där hon står och granskar trädstammarna i skogsbrynet.

Och det mörka däremellan.

Jonna betraktar sitt urval av jackor. Den svarta skinnjackan och den lite för stora grå rocken som hon ärvt av Jonathan.

Sedan granskar hon eftertänksamt sitt senaste inköp.

Den röda kappan.

Hon nyper i tyget. Det är kraftigt och knallrött, lent och strävt på samma gång. Starkt och varmt. Men så väldigt rött. Hur hade hon tänkt att hon skulle våga använda den, egentligen? En enda gång har hon haft på sig den, det var den där kvällen med kurskamraterna, då när Pierre var med. Han tittade på henne, hela vägen nerifrån och upp, och blicken landade i hennes ögon. Ja, hon kommer synas. I den här kappan kan ingen gå obemärkt. Men ändå är det något med den som lockar?

Sakta trär Jonna på sig kappan och möter sin blick i hallspegeln. Ett rött läppstift på det. Hon tar ett tillbakahållet andetag. Nu, så. Nu gäller det.

Inlämningsuppgiften är uppladdad i kursportalen men den muntliga delen ska redovisas på plats. Om det lyckas ska hon vara godkänd på svenskakursen, det sista betyget som saknats. Det har varit en fattig vinter, en månad helt utan studiestöd. Här finns alltså en chans till en gymnasieexamen, och med höga betyg dessutom. Bättre sent än aldrig. Det kan finnas jobb att söka då. Eller kanske folkhögskola? Ja, en teaterlinje, hon saknar skådespeleriet.

Men då måste hon faktiskt klara det idag, hon måste komma hemifrån. Hur i hela helvetet ska det gå till?

Jonna stirrar på den blänkande diskbänken, sedan spisen. Alla nollorna vända uppåt. Eller?

Vredenas välbekanta form vilar kvar på hennes näthinnor. Hur många timmar de senaste veckorna har hon sammanlagt stirrat på den här spisen, den vita emaljen, plastformerna med de svarta små siffrorna? Som om de bär på ett hemligt meddelande som hon bara inte har dechiffrerat rätt.

Och det finns mer som behöver kollas, allt på grund av fröken Kaos. Ingen går säker där hon far fram, röker, gapar, dansar och skrattar sitt hesa skratt. Jonna är trött på den här situationen nu, den står henne upp i halsen, och det är visst alltmer ömsesidigt. I natt hade hon hört Nathalie klaga inför sina gäster över att det bor en "psykopedant" hemma hos henne. Nathalie är ännu kaxigare nu, när han är med, den nye killen. Nu ska han väl börja hänga här allt oftare. Såklart måste Jonna ändå snart hitta något annat. Men först behövs något slags inkomst, en plan. En friskare hjärna. Och en fruktansvärd tur.

Hon beslutar sig för att försöka hålla sig väl med sin hyresvärdinna ytterligare en period. Det kommer att bli påfrestande, men vad har hon för val?

Ett extra varv går hon, letar fimpar, sedan tillbaka till köket. Sulorna dunkar dovt mot parketten och hon börjar bli varm under kappan. Ljudet av kängorna i lägenheten är en trigger, ett dåligt omen, det betyder att hon egentligen skulle gått redan, att hon är kvar här inne på övertid. Idag kan hon absolut inte kosta på sig detta, för mycket står på spel. Men ju mer det dunkar, desto svårare blir det att komma loss, det känns mer och mer för sent, allt går runt, fimparna, nollorna, kaffebryggaren igen, kanske strykjärnet också? Hon har inte strukit på länge, fast man vet aldrig, är hon helt säker på att hon inte råkat trycka in knappen när hon gått förbi? Minns hon att hon *inte* gjort det?

Nej, det minns hon inte.

Benen styr mot sovrummet men stannar i hallen.

Nej! Fan också, inte idag, inte igen…?

Hon tänker på Valentin. Barndomsvännen. Den saktfärdiga, lätt kutryggiga, vänliga Valentin. Vad skulle han ha gjort? Jo, han skulle ha hållit huvudet kallt. Han kunde sådant, som att ta det lugnt, vara trygg, inte oroa sig. Han var som en sengångare, fast roligare, och smartare. Kanske ungefär lika kutryggig? Men sedan han försvunnit ur hennes liv, är det som att hon glömt hur man gör för att känna sig lugn, han finns inte längre där för att påminna henne.

Jonna räknar istället snabbt till sju, sju gånger efter varandra, vänder sig om, vänsterfoten först. Kniper ihop ögonen, trampar hårt mot dörren, utan att vända sig mot köket. Får inte se spisen nu, rör med vänsterhanden över jackorna, tänder och släcker lampan i hallen sju gånger, slår upp ögonen, vänder blicken mot taket, öppnar och slänger ytterdörren ifrån sig med eftertryck och går ut i den ekande trappuppgången. Drämmer igen dörren, låser, en enda gång, springer som en jagad inbrottstjuv ut på gatan och låter den tunga porten slå igen bakom sig.

I ett ögonblick står hon kvar, andas, ser upp mot den solbelysta fasaden på andra sidan gatan. Inte mot sitt eget fönster. Tänker på vad terapeuten Lena sagt. Bryta, avleda, röra på kroppen. Tänka:

Där är tanken, och här är jag som tänker den. Om jag får ångest av tanken, så är den antagligen inte sann. Mitt nervsystem vill rädda mig undan en fara, men faran finns bara i min fantasi.

Bort mellan husen småspringer hon, mot Komvux, som har sina lokaler i de gamla tegelhusen vid Näckrosdammen. Hon kan inte riktigt låta bli att vidröra var sjunde lyktstolpe. Det blir två stolpar utefter den breda gatan, tills det är dags att ta trapporna ner mellan de ståtliga gamla residenserna. Där koncentrerar hon sig på dofterna och teglets struktur, klängväxter som slingrar sig upp över husets sida. Bit för bit börjar den värsta krampen släppa, det gnagande tvivlet lägga sig.

Hon lyckades, hon kom iväg!

Men kurskompisarna. Nu ska hon möta deras blickar och höjda ögonbryn.

Jaså, vem är det som behagar dyka upp?

Orden viskar i hennes öron, även om ingen yttrar dem. Hon går med snabba steg mot entrén medan hon passerar de vida gräsmattorna och vinden tar i.

"Jonna!"

Pierre. Hon hör genast att det är han, vänder sig om och ler lite prövande. Ska han döma henne? Hon saktar in något, för att han ska hinna ikapp, försöker verka så neutral hon kan.

"Jag har inte sett dig på ett tag", säger han, och hos honom är ingenting särskilt neutralt. Ljuset reflekteras i det vänstra ögat. Han kisar. Det är en liten brun fläck där, mitt i det gröna.

"Har du varit sjuk? Eller bortrest kanske?"

"Lite sjuk kan man väl säga".

Hon fokuserar tacksamt på Pierre, försöker undvika att se någon annan. De är tidiga och ställer sig och ser ut över dammen. Rhododendronbuskarna knoppar och ett par måsar cirklar skriande över vattnet. Det kan bli varmt idag.

Pierre vill spana in en silverpil som böjer sig över dammen, med grenarna släpande i vattnet. Han pratar på en stund om trädets omfång och vad det säger om dess ålder, men Jonna betraktar mest Pierres egen stadiga kroppshydda. Med tanke på dess omfång borde han alltså också vara rätt ålderstigen.

En samling duvor vandrar runt på de små asfalterade gångvägarna intill dem.

"Vad gör dom?" undrar Pierre.

"Vet inte. Letar efter mat kanske. Eller vad sysslar duvor med?"

"Antagligen. Men varför vänder de håll? Titta!"

Några individer traskar, pickande, mestadels åt samma håll. En av dem vänder om och börjar bege sig i motsatt riktning, och flera andra följer efter, simultant.

"De verkar inte ens veta varför", säger Jonna.

"Nej. Helt clueless. Dessutom går de på gångarna. Varför inte i gräset? Robotfåglar?" Han skelar lätt inåt, pickar med stel överkropp, som en enorm humanoid robotduva.

Hans ögon blir till smala springor när han skrattar. Jonna skrattar med Pierre. Hon har glömt hur det kändes.

"Men det är väl sådana vi är också", säger hon sen. "Vi människor. Vi är följare, gör som alla andra gör, och vi vet inte ens varför." Det blir tyst en kort stund.

"Inte alla, Jonna", säger Pierre sen, och när han ser på henne skrattar han inte längre.

"Inte alla."

Det är dags att gå till salen. Hon stannar och knyter sin ena känga, han går släpande några steg i förväg. Vänder sig om, väntar i solskenet med händerna djupt i fickorna. Ler.

Ja, hon har känt sig sjuk, länge har hon det.

Just idag känns det lite bättre.

Infraljud

Pierre har svårt att stå inför folk, det märks. Det är en märklig kontrast: den stora, långa kroppen och den uppenbara nervositeten. Handen som håller i pappren darrar så det prasslar, blicken som flackar över åskådarna stannar längst bak i mitten, där ingen sitter. Orden kommer stötvis, han stammar lite och det är svårt att följa med i innehållet. Jonna lutar sitt huvud på sned, som för att hjälpa till, hon märker det inte själv först. Men kanske gör Pierre det. Han börjar fästa blicken på henne, ned i papperet, sedan upp på henne igen. Hon ler, nickar. Såja, Pierre, bättre nu, fortsätt så. Hans röst stadgar sig och bastonerna slår igenom.

Han har en röst som de bengaliska tigrarna. Vad heter det nu igen? Vissa frekvenser hör man knappt, man bara känner dem i bröstet. Hon har läst om det. Det är därför människor blir så paralyserade av skräck inför dessa djur när de möter dem i djungeln. Vana bushmen, beväpnade och stenhårda. Men när tigern ryter blir de stående, som lamslagna. Likadant med kaskelottvalen, fiskstim stelnar till i vattnet och kan inte göra annat än att låta sig slukas hela.

Infraljud, just det. Där har vi det, Pierre. Är det också din superkraft?

Jonna kände rösten i kroppen den där kvällen när de var ute, när hon hade den här röda kappan. Hon satt i hans knä någon gång efter midnatt, på uteserveringen, fast det var svinkallt. Med säkert tre olika filtar lindade omkring sig och röken stigande ur munnarna, särskilt ur hans. Han berättade långsamt om resor han gjort, fjällturer, korallrev och elefantritter, och när hon lutade sig mot hans bröst vibrerade hela hon. Helt tyst var hon, den långa stunden, lyssnade bara. Och vibrerade. Kanske var hon helt enkelt paralyserad, av Pierres infraljud?

Men fokus nu. Hon studerar Pierres adamsäpple där det guppar i takt med svängningarna.

Då surrar det i väskan. Hon låter det ringa och försöker koncentrera sig. Men snart ringer det igen, och igen. Det är Jonathan. Hon reser sig och smyger lätt hukande ut ur föreläsningssalen.

"Jag kan inte prata nu, Jonte. Jag ringer dig sen."

Men något är fel, han är andfådd och orden rasar fram.

"Du måste hjälpa mig, Jonna, du måste verkligen hjälpa mig nu, jag behöver tiotusen, han är efter mig, jag måste få tag i pengarna, kan du ge mig tiotusen, snälla? I kontanter, jag betalar tillbaka!"

"Va? Tiotusen, det är en massa pengar! Jag har inte så mycket. Vad har du gjort nu?"

"Jag sålde en batch för ett tag sen och jag har betalat han, chefen, men han typ höjde priset, i efterhand. Fast han säger att det är jag som har fattat fel. Och nu har han med sig nån och dom är typ här nu, dom står och stirrar på mig, nu börjar dom gå hitåt, för helvete Jonna, det finns ingen annan som kan hjälpa mig, dom kommer fan spöa skiten ur mig, jag lovar dej!"

"Men du hade ju slutat, Jonte?"

"Jo, det var bara det här partiet, jag hade redan lovat, du vet. Sen är det slut, inget mer sen. Och jag betalar tillbaka, jag lovar. Får sosspengar snart, inom en vecka."

"Har du inget du kan sälja? Byta med?"

"Nä, jag är helt jävla tom, på V, pengar, allt. Jag ska ju sluta, inga lager. Om jag bara kan bli av med den här fucking skulden så är det inget mer sen."

"Men om du har sålt av allt, hur kan du vara pank? Jag fattar inte?"

Han svarar inte.

"Jonathan? Var är du?" Det skrapar till.

"Hjalmar Branting!"

Hon hör ljud i bakgrunden, steg och Jonathans röst, mer skrap mot högtalaren, rösten dämpas, som om telefonen hålls mot tyg. Sedan Jonathan, men till någon annan.

"Jag löser det, jag löser pengarna, för helvete, chilla säger jag!" Efter det, Jonathan i luren, viskande.

"Säg till dom att du har pengarna. Säg att du är på väg!" En oväntat ljus och vass röst hörs i bakgrunden.

Jonathan igen, till henne. "Har du pengarna?"

Hon knyter sin hand, drar efter andan, snabbt in, långsamt ut. Börjar gå mot utgången.

"Jag har tiotusen. Jag är på väg."

Jonna springer över Götaplatsen, förbi Poseidon, sedan Stadsbiblioteket, ner mot Avenyn. Hon ska rädda sin bror ur en finansiell knipa. Igen. Och det blir mer och mer bråttom. Tänk om det kunde vara sista gången?

I korsningen vid Berzeliigatan rusar hon över på rött, en bil tutar efter henne men hon ser sig inte om. Strax innan Valand tittar hon efter bankomaten. Ska hon ta den här, eller den på Hjalmar Brantingsplatsen? Det är ingen kö här och spårvagnen syns inte till än. Hon stannar. Det tar lång tid, flera uttag krävs, hjärtat bankar i bröstet. Saldot på skärmen visar efter uttaget tvåhundraelva kronor. Och hon har inte betalat hyran än.

Tiden går skrämmande snabbt och spårvagnen lika långsamt, medan de rullar över Hisingsbron. Människor omkring henne är så outhärdligt ovetande, upptagna med sina telefoner eller ser ut över älven, pratar med varandra om vårvädret, vad de gjort under helgen eller ska äta till lunch. Hon är tacksam att de åtminstone inte tittar åt hennes håll, tar fram mobilen och ringer Jonathan. Han svarar inte, istället är det en dataröst som säger något men hon tar sig inte tid att lyssna. Säkert något fel på hans telefon, som vanligt.

Var på Hjalmar? De kan ju vara var som helst? Hon kryssar mellan butiker och snabbmatsrestauranger, medan väskan skumpar mot höften och pulsen sjunger i huvudet. Och där, hans höjda arm, i den svarta skinnjackan och med den blonda luggen som fläktar till i vinden över parkeringsplatsen på andra sidan gatan. Han gör något tecken i luften. Med två fingrar mot hennes ögon, sen mot sina egna. "Jag ser dig"? Eller vad menar han? "Titta på mig?" Sedan höjer han båda händerna, en på var sida om huvudet, som en gata, eller en korridor. Hon korsar snabbt och kontrollerat gatan och när hon kommer närmare har Jonathan ett skrämt drag över ögonen. Han mimar:

"Titta rakt fram".

I ögonvrån anar hon en bil från höger, men hinner precis undan. Vad är det hon inte ska se? Hon fixerar sin blick på honom, bara på honom, men sista stegen är benen svaga. När hon är framme tar han sina händer runt hennes ansikte och hon kniper snabbt ihop om gråten som vill fram. Han är röd över vänstra kinden.

"Tack. De är alldeles här", säger han tyst och nickar mot byggnadens plåtvägg. "Du får inte se dem. Det finns en del på honom, han kan inte kosta på sig mer vittnen".

Jonathan tar emot rullen med sedlar, varma från hennes jeansficka.

"Vem är han egentligen? Vad har han gjort?"

Han stoppar pengarna innanför jackan, ler svagt. "Bry dig inte om det, åk nu", säger han bara.

Då hör hon, nätt och jämnt, en ljus, vass röst, den kommer med vinden runt hörnet av byggnaden.

"Skynda dig nu!" Jonathan knuffar henne mjukt ifrån sig.

Hjärtat värker till i bröstkorgen. "Nej, Jonte...Kan du inte bara ge dom pengarna och följa med mig?"

"Det går inte. Jag ringer sen. Kommer till dig ikväll, okej?"

Hon går några steg baklänges över asfalten, hans lilla leende är inte betryggande.

"Jonathan... Akta dig, lova mig!"

"Ja, jag lovar. Vi ses ikväll, Jonna. Gå nu!"

Kollektivtrafik, trånga utrymmen och främmande människor är inget som Jonna klarar just nu. Hon börjar promenera tillbaka mot stan, tänker att hon skulle kunna gå över älven, över den breda bron, med utsikt över hamninloppet. Men hon går onödigt fort av anspänningen, blir andfådd och känner hur hon ser sig om hela tiden. Jonathan. Älskade Jonte, vad är det som händer? Kanske är det allvar den här gången?

Vid flera tillfällen får hon för sig att folk tittar konstigt. Några damer vänder sig om efter henne vid Pressbyrån och en ung tjej ser upp från sin telefon som om hon sett ett spöke när Jonna går förbi. Och senare, vid övergångsstället, passerar en liten, silvergrå bil med två killar. Killen på passagerarsidan, med afrikanskt utseende, stirrar rakt ut på henne. Han vänder sig till den ljuse föraren, som har solglasögon och keps och hoodiens grå huva uppdragen över den, sedan ser han efter henne igen med uppspärrad blick.

Jonna går vidare, utan att vända sig om mer. Mitt på bron stannar hon. Nu gäller det att inte bli paranoid. Unga tjejer med telefoner framför sig är totala trafikfaror, det vet alla, och gamla damer och killar glor på allting, om de är på det humöret.

Hon står kvar en liten stund, fyller lungorna med luft, knäpper upp kappan och låter vinden svalka hals och nacke. Vattnet är bläckblått långt där nere, hamnen badar i skarp vårsol. En jättelik Danmarksfärja glider ljudlöst bort mot terminalen vid Klippan, bländande vit, medan måsarna dyker och skriar. Valentin skulle ha gillat den här utsikten. Utforska nya ställen, se på vackra vyer, sådant älskade han.

Men vem är egentligen mannen som Jonathan jobbar för? Den där rösten…ljus, vass, mekanisk. Den killen skulle säkert kunna göra vad som helst för att rädda sig själv. Men han har ju fått sina pengar, nu borde han väl låta Jonathan vara? Eller? Finns det något mer hon kan göra? Och när kommer hon få pengarna tillbaka? Hon måste ju faktiskt betala fröken Kaos.

Jonna kollar på klockan. Fem i halv tolv. Helvete!

Lektionen ska vara slut klockan tolv, uppgiften ska redovisas idag, sen är kursen slut. Det är en illa vald dag att hamna i problem, Jonathan. En annan dag hade hon struntat i alltihop, gått hem, fixat och strukturerat, lugnat sig. Men idag måste detta bli klart. Så många dagar som hon undrat om hon skulle klara det, så många morgnar hon inte kommit iväg. Och hon har förberett sin presentation, och kommit hemifrån dessutom, för en gångs skull. Det här måste avslutas idag. Dessutom är dagen redan sabbad, det är liksom ingen idé att försöka få ordning på någonting.

Och jo, naturligtvis, en sak till. Hon vill gärna hinna träffa Pierre igen.

Jonna börjar springa ner mot Nordstan, förbi Läppstiftet, den asymmetriska byggnaden vid brofästet. Det är på något sätt befriande att springa. Kanske är det som Lena säger, att stressämnen förbränns i musklerna? Hon löper vidare, dunkar genom Brunnsparken, uppför Avenyn igen, hela vägen tillbaka till skolan, och ramlar in över tröskeln fem minuter för sent.

Lektionen har just avslutats. Hon blir stående och väntar, flåsande. Lasse står bortvänd vid katedern och kopplar ur datorn. Tre andra personer är kvar i lokalen, varav en lång och kraftigt byggd ung man som just trär på sig en blå ryggsäck. Han vänder sig mot henne och hans ansikte liksom öppnas.

"Hej! Oj, jag trodde inte du...var har du varit?"

"Jag...det är en lång historia. Kan vi ta det sen?

Lasse är inte särskilt intresserad av att låta elever som kommer och går lite hur som helst få lov att redovisa efter lektionens slut. Jonna börjar förbereda sig för att gå, men Pierre övertalar honom. Och med Pierre och Lasse framför sig, kan hon, som vanligt, bara gå in i en roll och göra det hon ska. Inget tvivel, inget ältande, inga tvång.

Hur kan det vara så? Och varför kan hon inte alltid vara så?

I direktsändning.

De äter lunch i universitetsbibliotekets café efteråt, Pierre och hon. Han insisterar på att få bjuda, och idag tackar hon faktiskt ja. Efter maten hämtar hon kaffe till dem.

"Vem är du egentligen?" undrar hon när hon krånglat sig ner på stolen igen.

Han skrattar till. "Vem jag är? Hur menar du?"

"Du måste ju undra varför jag håller på såhär? Inte kommer vissa dagar, eller vissa veckor snarare. Kommer sent nästan jämt. Idag försvann jag helt plötsligt, sen kom jag tillbaka. Folk brukar alltid titta på mig på ett visst sätt."

Hon ställer ner den vita, massproducerade koppen på fanérskivan mellan dem.

"Det gör aldrig du."

Han ler först och tittar tillbaka på henne, sen ut genom fönstret. Det går verkligen inte att avgöra om ögonen är bruna eller gröna. Eller kanske mörkgrå? De verkar ta upp och förstärka den färg som är närmast.

"Och dina ögon är kamouflagefärgade!" Hon tar tag i hans armar, skakar dem lekfullt.

"Svara mig, vem är du?"

De skrattar igen. Han säger ingenting genast, fingrar på någon ojämnhet i bordsskivan, stryker den försiktigt. Han har ett ärr över tummen och hans lillfinger vill alltid spreta lite ut från de andra fingrarna, som om det har en egen plan. Rösten glider mellan ljusa toner och ända ner i infraljudet när han till sist ser henne i ögonen och säger:

"Jag tänker att du måste ha dina skäl. Folk har inte gått i dina skor, liksom. Och om du inte kommer hit ibland, då måste det väl vara nåt som är viktigare. Nåt som strular. Och det blir väl inte bättre av att folk tittar konstigt på dig, tänker jag. Att de inte litar på dig."

Innan hon hinner stoppa sig själv lägger hon sin hand över den där tummen, över ärret.

"Då vet jag vem du är", säger hon. "Du är en klok människa, Pierre. En snäll och klok människa."

Han kramar hennes hand tillbaka med sin stora, varma. Det är tyst en stund. Det är ett ögonblick som hon inte vill ska ta slut.

Det borde inte ha tagit slut.

"Men Jonna." säger han sen, och något är förändrat i rösten, den är onaturligt utslätad.

"Ja?"

"Det är en sak jag måste berätta."

 Hon nickar tyst.

"Sara har kommit hem igen."

Han pausar och hon stelnar till.

"Jag vet inte hur det blir, eller vad jag vill eller så. Om jag kommer att kunna förlåta henne. Men du vet, det är fem år. Jag kan inte bara kasta bort det. Inte förrän jag vet säkert. Så just nu bor hon hos mig. Just nu är det…vi igen."

Jonna fäster blicken på halslinningen till Pierres t-shirt. Han kramar handen, ser på henne. Hon nickar och ler ett litet leende tillbaka. Försöker möta hans brungröna, sökande blick men lyckas inte riktigt.

"Jag tror jag måste gå nu", säger hon bara och drar till sig sin hand.

"Tack för lunchen. Jag får bjuda tillbaka nån gång."
Pierre lutar sig tillbaka i stolen, drar ett lite hackigt andetag. Sedan reser sig Jonna upp och går därifrån.

Brinn upp!

Vitsipporna breder ut sig i massor, som snödrivor i backen upp bakom gräsmattorna. Men hon går snabbt förbi dem, hon går så att svetten kliar i armhålorna.

I lägenheten är Nathalie vaken, iklädd mjukisbyxor och behå med det platinablonda håret i en rufsig tofs uppe på huvudet. Hon är extremt solariebrun, nästan grå. Och hon har den där nye killen bredvid sig i soffan, i vitt linne och kladdigt, bakåtslickat hår. Det är redan stökigt i köket med pizzakartonger och läskburkar. Musik är på som Jonna vill kräkas av.

"Vi ska ha fest här ikväll!" gapar Nathalie. "Det kommer en del folk, bara så du vet. Du får gärna vara här, så sett, men det blir nog lite högljutt, om man säger."

De skrattar ihop, hon och linnet. Nathalie är uppåt. Lite för uppåt?

"Ja, grabbarna Grus kommer ju" svarar han och de är lyckliga som småbarn på julafton.

Jonna säger ingenting. Hon går in på sitt rum och stänger dörren efter sig. Samlar sig. Tänker igenom saker. Tänker bort Pierre. Det går inte så bra.

Istället bestämmer hon sig för att förbereda kvällen med sin bror. Kanske ska hon handla lite mat? Det finns en del torrvaror i skafferiet och snart ska hon få tillbaka lånet från Jonathan. Skulle hon kunna sälja några gamla LP-skivor, så hon klarar sig tills dess? Hon har några rariteter som hon egentligen inte känner särskilt för, men som är värda flera hundra styck. En Roxette i ovanlig press.

Jo, hon ska gå och handla och laga något gott till dem ikväll. Sen kan Jonathan se till att idioterna lugnar ner sig, eller att de drar ut på stan. Folk lyssnar på honom när han surnar till. Efter det kan de ligga på hennes säng och prata igenom allting, hur han har slutat med det dåliga, vad han drömmer om att göra istället, om hans kvinna, trettiofemåringen med barnen som gör honom så lycklig. Hon kan berätta lite om Pierre, så det blir lite lättare att inte tänka på honom mer. Och när det blir sent kan hon flytta ner bäddmadrassen på golvet där han kommer att lägga sig med en filt upp till öronen. De kan ligga där i mörkret och prata långsamt, tills han blir så sömnig att han inte riktigt svarar längre, så som han alltid gjort. Hon kommer att känna hans värme i luften, hans trygga, hemtama doft i näsborrarna när hon ska somna, höra hans snusande andetag.

Lillebror.

Jonna räknar bara till sju en gång när hon går ut och kollar inga plattor, hon ska ju strax tillbaka. Går långsamt uppför backen, bort mot matbutiken på hörnet. Köper mjölk, färskt bröd och smör, en avokado, en tvåa lax och crèmefraiche. Det kostar tvåhundraåtta kronor. Hon äger alltså just nu tre riksdaler.

När hon ringer Jonathan, svarar den där rösten igen. Den pratar om att det är något annat företag som "hanterar hennes samtal för närvarande". Märkligt. Hon får kontakta operatören senare och kolla upp det.

Tillbaka i köket sätter hon på sig lurar med Mozarts Requiem, som åtminstone stänger ute en del ovälkomna ljud, och börjar snabbt tillaga fisken, försöker att inte se sig omkring.

Hennes eget lilla område, här, nu. Hon behöver inte bry dig om något annat. Just här är det tomt, på den här plattan, den här stekpannan är ren, den diskade hon själv igår. De kan äta på rummet sen. Strunta i allt annat.

Men varför ringer inte Jonathan?

"Jonna!" skriker Nathalie från vardagsrummet. Jonna suckar, tar av sig ena luren och ställer sig i dörröppningen.

"Ja?"

"Jag behöver min hyra nu."

Skit också. Jonna svarar inte först.

"Hallå? Hörde du? Jag behöver hyran!"

"Jag hörde."

"Bra. Kan jag få den då?"

"Jag har inte pengarna idag, Natta." Jonna testar smeknamnet, som om hon faktiskt var en av polarna. Kanske bevekar det lite?

"*Va?*" Eller också inte.

"Nej, jag har dem inte. Jag fick låna ut tiotusen till Jonathan idag."

"Men för helvete, Jonna, du kan väl inte låna ut mina pengar till din brorsa?"

"Men det är bara den tjugofemte idag, du ska ha hyran den trettionde har vi ju sagt..."

"Jaja visst, men just den här månaden behöver jag ha hyran den tjugofemte!"

Nathalie står i köket nu, stirrar Jonna i ansiktet på ett obehagligt kort avstånd, vickar huvudet sarkastiskt från sida till sida. Ögonfransarna är onaturligt långa, eyelinern för tjock, har smetat ut lite vid sidan av högerögat. Blicken borrar sig svart och krävande in i Jonnas.

Nathalies vidgade pupiller, musiken som pulserar och laxen som fräser lite för hårt i pannan, Jonathan som inte ringer och

Pierre som är med Sara, och plötsligt händer det som aldrig händer.

"Vet du vad", säger Jonna tydligt och sätter ett pekfinger i bröstkorgen på Nathalie, "om du hade lagt ungefär hälften av vad du spenderar varje månad på löshår, fransar, smink, solarium, gymkort och vin och vad det nu är för droger du går på, så hade du inte behövt ta ut typ hela hyran för ett jävla sovrum av en fattig student och balla ur när pengarna *inte kommer för tidigt.*"

Det blir helt tyst, sånär som på musiken. En kort stund är Jonna upprymd och inuti helt lugn, tvärsäker. Äntligen.

Sekunden efter kommer verkligheten ikapp.

Nathalie stirrar tomt framför sig. Sen vänder hon sig mot vardags-rummet, som om hon behöver stöd. Hon börjar skratta högt och forcerat.

"*Hela hyran?* Har du nån aning om vad jag betalar till den där rika jävla...jäveln varje månad? Hörde du, Karl? Hörde du?" Hon låtsasskrattar lite till mellan meningarna.

"Det är ju fan helt otroligt," hon börjar gå runt i rummet och vidare ut i hallen medan hon ropar, "jag låter dig bo här, din jävla...ditt psyko! Jag borde kasta ut dig! Det ska jag fanimej göra också. Du ska få se att jag klarar mig utan dina pengar." Karl tittar efter henne och ur honom kommer ett lika konstigt, men lite mer tveksamt, skratt.

Jonna blir stående på tröskeln mellan köket och vardagsrummet. Den blonda stampar runt i badrummet, kommer ut med en tvättpåse med kläder som ser ut att vara Jonnas, försvinner in i hennes sovrum och blir synlig med famnen full av saker som hon dramatiskt låter trilla ner över påsens öppning så att Jonnas dagbok, som hamnar överst, hjälplöst öppnar sig.

"Dra! Stick härifrån! Packa ihop dina...böcker och...grejer och vad fan det nu är. Försvinn ur mitt liv!"

Jonna har kastat sig över dagboken, med pulsen bankande bakom tinningarna. Vad är det som händer? Nathalie är röd om kinderna, ögonen svartare än någonsin och hennes rörelser ryckiga och hafsiga. Är hon hög, en vanlig eftermiddag?

Karl har rest sig upp, alltmer osäker.

"Natta? Lugna dig lite...hon kan ju inte bo på gatan?" Det sista tystare, så att Jonna inte ska höra, men det gör hon.

"Förresten så har du post här." Rösten är något mer dämpad nu. "Den kanske du skulle ta med dig när du går?" Nathalie trycker tre kuvert i hennes hand.

Jonna stirrar på breven. Två är från telefonbolaget och ett från ett inkassoföretag. Under några sekunder hör hon ingenting, det är som lock för öronen.

Påminnelser. Krav.

Helvete! Telefonen. *Det är därför den inte går att ringa från.*

Jonna öppnar munnen men rösten som kommer ut är först för svag.

"Var har de här varit?" Hon håller upp kuverten.

"Det vet väl inte jag! Jag kan väl inte hålla ordning på din post?"

"Men du visste ju var de var nu? Har du...har du gömt mina räkningar?"

"Det är väl klart att jag inte har! Jag är väl inte dum i huvet heller? Det skulle ju vara som att tacka nej till min egen hyra! Jag la dem till dig men du har ju inte hämtat dem så..."

"*Var* la du dem?"

"Där:" Nathalie pekar trotsigt mot bokhyllan.

Jo. Visst har Nathalie sagt det, att hon skulle börja lägga posten där? För att Jonna klagat över att den alltid låg kvar på hallgolvet.

"Ge mig nyckeln!" Nathalie sträcker fram sin öppna hand.

Vanmakten sänker sig över Jonna, obevekligen. Det är kört nu. Vart ska hon ta vägen?

Så ser hon från den ena till den andra. Två upprörda, vilsna människor i en lägenhet som inte är hennes. Där är tvättkassen med hennes kläder och saker. Handväskan med plånbok, busskort och telefon på sin plats. Den röda kappan på galgen och de svarta skinnkängorna. Kravbreven i hennes hand.

Sedan samlar hon ihop just dessa saker. Krånglar av nyckeln från knippan och placerar den på diskbänken i köket med en metallisk smäll. Utan ett ord lyfter hon upp packningen och går förbi dem båda. Fröken Kaos och den backslickade osäkre mannen som troligen inte kommer att stå ut med henne särskilt länge till. Kliver i kängorna, drar på sig den röda kappan, öppnar och går ut. Lämnar allt som borde vårdas, skötas och kontrolleras. Räknar inte och kollar inga plattor.

Det här stället kan gärna få brinna upp nu. Brinn upp!

Jag måste väl ändå överleva?

Det är helt vindstilla och kyligt. Några olika fåglar kvittrar mellan ekarna, skogen ger sången en djup och ekande klang. En koltrast kvittrar och en annan svarar, som call and response, tänker hon, rop och svar. Det var Valentin som brukade säga det, att livet var så. När hon var ledsen och inte ville gå ut. Rop och svar. Kanske var det hans mamma som sagt det från början? "Livet ropar, då svarar man. Kom nu! Vi går till Stenen!"

Har hon svarat på ett rop nu? Eller flytt från ett?

Kvällssolen silas in från sidan mellan kala grenar. Som genom höga fönster i ett jättelikt kyrkorum.

Jonna sitter på en stock i kanten av gläntan. Hon gick länge, först med arg gråt i halsen, som ville komma ut, sedan mer sorgsen, förvirrad. Med sin packning skavande över högra axeln vandrade hon vidare, dit benen styrde henne, väntade på att en ingivelse skulle komma till henne. Hur hamnade hon här? Den sista sträckan, den från stora vägen och upp hit, minns hon inte nu.

Det här är en plats som hon varit på förut, ett oräkneligt antal gånger. Gläntan, eller Apslätten som den kallas, är en liten gräsbevuxen slätt, med en upptrampad stig rakt över, bort mot friluftsområdet, där skogen tar vid på allvar. Grästuvor över vit, fin sand. De resliga stammarna med sina ännu kala lövkronor runt omkring. Den omkullfallna stocken där hon sitter. Hon låter handen glida över det spruckna, släta underlaget. Om man följer stigen bort över den lilla slätten, åt höger in i skogen, kommer man snart till tjärnen, och Stenen. Hennes barndoms skog, hennes barndoms somrar.

Jo, här har hon varit. Men det var väldigt längesedan.

Vid fötterna står handväskan och tvättkassen. Hon märker plötsligt att hon fryser och är hungrig. Kappan är inte stängd, så hon knäpper den och fäller upp kragen. Jonna har räknat till sju många gånger om, men det är som om det inte ger någon tillfredsställelse. Hon ser sig omkring på marken. Det borde finnas smådjur här och bakterier, svampsporer och annat osynligt och potentiellt livsfarligt. Hur kunde hon egentligen leka här som barn? Helt obegripligt.

Det finns en fritidsgård alldeles nära. Hon har varit där några gånger när hon var i lämplig ålder, spelat teater.

Efter en stund reser hon sig upp och märker först då hur kall hon är. Stel i ben och fötter, händer. Hon lyfter upp kassen och väskan, börjar styra stegen bort mot fritidsgården. Kanske kan man gå in och värma sig där, om det är öppet? Det kan till och med hända att de säljer något att äta för en billig penning, de sålde toast förr för fem kronor. Kanske kan man få en halv för tre? Hon måste verkligen äta något om hon ska kunna tänka. Hoppas åtminstone galningarna åt upp laxen, tänker hon. Den kostade faktiskt en relativ förmögenhet.

Dessutom måste hon kissa.

Gruset knastrar under fötterna på den rundade gårdsplanen. Huset är sig likt även på nära håll men det känns mindre. När hon var yngre trodde hon att det var en herrgård, nu tänker hon att det snarare har varit en mangårdsbyggnad till en större gård, kanske ett landeri. En gammal grön träbyggnad, syrenhäckar runt omkring och liten dansbana alldeles intill. Där har de haft sånguppvisningar för föräldrar när hon gick i lågstadiet. Nu finns där också en skateboardramp.

Men i fritidsgården är det mörkt i fönstren. Öppettiderna står på en skylt utanför.

Måndag-torsdag: 15-20, Fredag: 17-22. Lördag: 12-22. Söndag: stängt.

Jonna tittar på klockan, den är tjugo över åtta. Det är måndag den tjugofemte april. Fritidsgården är stängd, Jonathan har inte hörts av och telefonen har nu laddat ur. Hon är pank, solen håller på att gå ner, det kan bli frost i natt och hon har alldeles för tunna kläder. Jonna bankar på dörren, kanske är någon fortfarande kvar i huset? Någon som vet, någon som...

Tanken är helt ny när den slår henne, och med full kraft inser hon vidden av den. Ingenting annat har kanske någonsin varit såhär viktigt förut.

Jag måste väl ändå överleva?

Och förutom det; kissa.

Hon lyfter blicken och ser sig om, försöker se staden framför sig, som ovanifrån. Och plötsligt kommer en ny typ av tankar, de kommer snabbt och liksom friktionsfritt. Var är det öppet, var är det varmt? Var finns det mat som man inte måste betala för? Toaletter, handfat och tvål?

Sjukhuset kanske? Det är inte särskilt långt härifrån. Man kan säkert sitta på akutmottagningen under natten och låtsas vara sjuk eller anhörig, gå på toaletten och dricka vatten. Matfrågan är inte helt solklar förstås. Kaféet är väl ändå inte öppet så här dags, och i vilket fall som helst skulle hon obemärkt behöva stjäla maten.

Sitta på spårvagnar och bussar kan man väl också göra om man behöver hålla sig varm? Resten av de basala behoven blir det problem med däremot.

Hon skulle kunna se till att hamna i fyllecell? Om hon på något sätt kom över en större mängd alkohol och drack sig rejält dyngfull? Det skulle väl mätta lite också? Men det är mat som behövs, inte en stadig baksmälla. Om hon låtsades? Det hade varit en rolig roll att spela faktiskt. Fast inte som utsvulten.

Begå ett annat mindre brott och tas in i häktet? Det låter svårt. Vad för brott? Och hur blir man upptäckt? En stöld kanske, en matstöld? Det skulle väl vara lite smart, mat och husrum i ett? Men en sådan liten stöld ger väl inte häkte.

Misshandel då? Hon ser framför sig hur hon slår ner någon random person på gatan. Det känns långsökt. Tänk om ingen anmäler henne? Då har hon skadat en annan människa utan att det hjälpt ett dugg, inte för någon av dem faktiskt. En ganska dålig idé, om man tänker efter.

Polisen måste man ju kunna kontakta ändå. Och socialen. Den tanken har hon inte velat tänka färdigt. Inte för att någon del av det sociala skyddsnätet någonsin kunnat hjälpa henne, eller hennes bror. Ett jourhem här, ett deltagande samtal där. Det slutade alltid med att Jonathan rymde och söp sig full och hon fick leta upp och släpa hem honom. Hon var den enda han lyssnade på. Men kanske hade de otur bara, någon kanske kan hjälpa dem nu? Man får väl gå dit och säga som det är, helt enkelt:

"Hej, jag heter Jonna Albrektsson och är tjugoåtta år. Jag har ingenstans att bo och inga pengar. Tre kronor, mer exakt. Kan ni ordna mat och husrum, tro? Och kan ni kontakta min bror när ni ändå håller på? Jag har inte betalat mina räkningar nämligen, så jag kan inte ringa honom. Och jag är väldigt orolig, han skulle höra av

sig men det har han inte gjort. Jag har tagit hand om honom i hela hans liv och jag tänker inte direkt sluta nu.

Jo, han har blivit lite kriminell, förstår ni, och hamnat i fel sällskap. Men han är världens snällaste, har bara dealat lite knark. En ny partydrog, Venoxin heter den, kallas V. Som att mixa kokain och LSD, säger han, fast bättre. Drogen togs visst fram i terapeutiskt syfte, och skulle tas i extremt små doser, övervakat av psykolog. Men substansen hade inte ens lämnat labbet innan receptet spred sig ut i den undre världen. Folk tar tjugo gånger terapidosen och sen fastnar de snabbt, så det är lätt att få återkommande kunder, och bra betalt. Om Jonathan själv går på V? Du, det undrar jag med.

Förresten behöver han också en bostad, och mat, och pengar. Men vi kan dela lägenhet om det hjälper? Han sover på en soffa hos sitt ex, eller vad man nu ska kalla henne. Hon är alldeles för gammal för honom, har barn och allt, och egentligen en man också, var han nu är nånstans, så Jonathan måste flytta, han också. Fast de gillar varandra egentligen, det är lite sorgligt det hela, faktiskt.

Ja alltså, själv blev jag precis utkastad av tjejen jag delade lägenhet med. Hon är rätt vild, festar och tränar som en dåre. Kanske har hon börjat med V, hon också? Man blir tydligen mindre hungrig av det. Men jag, jag är faktiskt en väldigt skötsam hyresgäst, hon kastade bara ut mig för att jag inte hade pengar till hyran. Och kanske även för att hon tycker att jag är ett pedantiskt freak och ett psykfall. Och det kan hon väl ha rätt i till viss del, men jag har faktiskt bara varit på psyket lite till och från när jag var sådär sjutton, arton. De tar inte emot sådana som jag nu, jag är för frisk för vuxenavdelningar. Jag har ju inga vanföreställningar och inga direkta manier, har aldrig försökt ta livet av mig, även om jag har slagits av tanken ibland. Mediciner klarar jag inte av, de gör mig bara dum i huvudet.

Lena hjälper lite, den bästa terapeuten. Hon kan inte göra om mig, men när hon lyssnar känner jag mig mindre ensam. Fast hon tar inte emot patienter just nu, hon forskar.

Social fobi heter det, det jag har. Ångest ibland. Och så tvångssyndromet då, som blir bättre och sämre av olika skäl som jag inte är helt på det klara med. Jag har svårt att lita på folk. Och tycker *det är väldigt jobbigt om de tittar på mig. Jag tänker för mycket, är för noggrann och petar med detaljer, för att jag tror att det ska hjälpa, på något slags magiskt vis. Undviker människor och relationer. Tror att andra ser rakt igenom mig, rätt in i det svarta hålet. Medan jag har så himla svårt att förstå mig på dem.*

Vänner? Jo, det fanns en. Valentin. En snäll smarting, vi växte upp tillsammans. Han var också ensam, men vi hade varandra. Men en hände det nåt…och vi förlorade kontakten. Efter det har det liksom gått utför med mig.

Egentligen kan jag ju saker också, förstås. Jag spelade teater, innan pappa… jag var visst bra på det. Krav Maga, ni vet israelisk kampsport för kvinnor? Det höll jag på med i hela högstadiet. Bra minne har jag också, kommer ihåg det mesta jag ser och hör, är bra på att planera och förbereda saker. Kan vara väldigt självständig. Det blir väl en bieffekt av att vara ensam. Nej, jag har inga andra, och inga sociala medier. Sånt är farligt, det vet ni väl?

Just idag hade det gått lite bättre, jag har klarat svenskakursen på Komvux, så nu har jag gymnasiebehörighet i alla fall. Jobb? Nej, det har aldrig funkat. Blir svårt med detaljer som att prata med folk. Komma dit.

Nej, inga föräldrar. Alltså, pappa dog i MS när jag var sjutton, och mamma är psykiskt sjuk och bor hos sin syster i Stockholm. Där har jag väl arvet, kan jag tänka mig. Lite miljö också, gissar jag, hon har ju varit ganska tokig under större delen av mitt liv, sen Jonathan föddes ungefär. Men jag har inte träffat henne sen hon flyttade för typ tretton år sen. Så det är bara jag och brorsan då.

Jag har ju varit lite kass i tvånget ett tag men det kändes som om det skulle börja släppa snart. Det brukar nämligen vara som värst just innan det vänder. Det är som om det blir så hysteriskt att jag till slut tänker "fuck this shit" bara, och så släpper det lite. Så jag hoppades ändå. Hade till och med varit ute ett par kvällar, och umgåtts med en kille. Han är ovanlig, för när han säger saker, verkar det som om han menar dem. Men nu har ju hans otrogna tjej kommit tillbaka och han kommer säkert förlåta henne, som den ängel han är. Så där har man nog inget mer att hämta.

Men jag är ju svensk, som ni ser! Från en vanlig, välutbildad familj. Ingen EU-migrant eller missbrukare, ingen som ska kunna bli hemlös och utfattig. Jag har bara hamnat lite snett just nu. Så, ja. Sånt är läget. Vad sägs? Lite omedelbar hjälp med det mesta och samtidigt en gnutta värdighet?"

Nej, fy fan, det blir inget med det.

Men nu kissar Jonna snart på sig och måste lösa detta au naturelle, vilket hon inte gjort på säkert tio år. Som tur är har hon en liten flaska handsprit i väskan. Det är ändå obehagligt och hon måste sitta kvar länge för att känna sig tillräckligt torr och förmå sig att dra upp trosorna igen.

Efter det börjar hon gå nerför den asfalterade uppfarten, från fritidsgården. Hon har faktiskt blivit lite varmare om fötterna av att röra på sig, och fortsätter nerför backen till sin gamla förskola. Kan det vara öppet där, någon dörr som de glömt låsa? Lite mellanmålsstoff som går att komma över i ett kylskåp? Hon minns doften av fruktkrämer med mjölk och små, runda, nybakade bröd, tar sig in genom den gröna grinden och kisar in genom rutorna. Huset har renoverats sedan hon var där sist, när hon praktiserade här i högstadiet. Alla dörrar är nya, rejäla och ordentligt låsta och, som det ser ut, även larmade, med larmdosor utanför och blinkande små röda lampor.

På andra sidan gatan finns en avtagsväg. En enkelriktad, smal villagata som ringlar sig genom halva stadsdelen. Från sjukhemmet och bort, med sluttningen upp mot skogen på öster sida, och staden åt väster, det gamla fängelset i ljusgult med sina tinnar och torn i bakgrunden av stadsbilden. Jonna blickar tankfullt bort mot gatan.

Det är hennes gata. Där är hon uppvuxen. Hon minns plommonträd och brevlådor vid murar med staket, stora gamla villor i trä eller putsad sten, uteplatser, fika på altaner och grilldoft.

Huset.

Där bodde hon hela livet, tills mamma försvann, och ytterligare drygt ett år, tills pappas sjukpenning inte längre täckte kostnaderna och de fick flytta ut. De hyrde huset, till en oskäligt hög hyra. Pappa hade velat köpa det, kostnaderna för hela lånet skulle ha blivit lägre än hyran, men han hade inte beviljats lån så det räckte. Idag, med dagens bostadsmarknad, har värdet säkert tredubblats.

Långsamt, andäktigt, vandrar hon gatan fram, närmar sig sakta.

Och där tronar det, mätt och belåtet, äldre än de andra villorna, över hundra år gammalt. Det vilar upphöjt på en murad stengrund, klätt i ljusgrön träpanel, med den fantastiska verandan i vita snickerier och spröjsade fönster. Som en jättestor päronkaka, hade hon tänkt när hon var liten, med vit spritsad grädde och glasyr på. Så stolt hon hade varit över deras hus.

Päronhuset.

Hon har inte varit här sedan de flyttade. Har inte orkat möta sorgen. Hur kan något som byggts och tillverkats av människor, av trä, sten och spik, bli så viktigt för någon annan, så oersättligt? Det är svårt att förstå.

Det mesta är sig likt. Det står en liten röd bobbycar utanför, en sådan där plastbil som småbarn kan hasa runt på. I rabatterna växer krokus och fruktträdens blomklasar är nära att slå ut. Trappan är lagad, det nedersta steget har troligen blivit omgjutet, och de kraftiga källarfönstren, inmurade i grunden, ser nymålade ut, liksom detaljerna kring verandafönstren. Någon ny trivs här.

Nu hörs röster, barnröster och vuxna, de kommer bakifrån. Först fortsätter hon att gå, på väg förbi huset, men de håller högre fart och kommer snart ikapp henne. Det känns av någon anledning extra osäkert att möta någon här, så hon ställer ner packningen och böjer sig över den, låtsas leta efter något. Ser man på, där ligger faktiskt en varm tröja, den stickade svarta med stor polokrage. Tydligen hade den hängt i badrummet och tryckts ned i kassen av en omtänksam fröken Kaos. Jonna passar på att ta av kappan och kränga på sig tröjan, och sedan kappan igen, medan de okända passerar henne.

Det är en familj, en ganska stor sådan. En pappa med två kassar i händerna, en ganska kort mamma med en barnvagn, och så tre lite äldre barn. De ser ut att vara mellan kanske åtta och sjutton, arton år. En liten hand, med en gul plastbil i, sticker ut från vagnen. Pappan berättar något och de äldre barnen skrattar.

"Men Niklas!", utropar mamman bestört, fast hon låter inte arg på riktigt. Faktiskt snarare ganska glad.

Då händer det märkliga.

De stannar vid huset. Den äldsta sonen öppnar vant den svartmålade järngrinden och de går in i trädgården. Försvinner, en efter en, uppför stentrappan och in i Jonnas barndomshem. Mamman blir kvar innanför grinden en kort stund, böjer sig över vagnen.

Jonna tillåter sig att gå förbi, tittar förstulet upp mot huset och ser kvinnan lyfta upp det lilla barnet, kanske en flicka, i famnen. Hon trycker sina läppar mot den lillas kind och säger något. Något om välling, om att sova, om du och jag. Barnet har en mössa i form av en jordgubbe, en blommig jacka och vita små skor.

Just innan de går in, tittar den lilla upp och möter Jonnas blick över grinden. De stora ögonen ser rakt på henne och hon hinner inte vika undan. Mamman märker ingenting, fortsätter in i hallen med barnet på armen, som försvinner in i dunklet med henne. Medan kvinnan drar igen dörren om dem, hörs en liten röst som säger något, kanske bara ett förvånat litet ljud.

Dörren stängs.

Men i Jonna öppnas en annan.

Och genom den anar hon en annan liten flicka, och en annan mamma. Hon hör en mjuk röst alldeles intill örat, som pratar om ingenting särskilt, och om allt som är viktigt.

Äta, sova, du och jag. I Päronhuset.

Päronhuset

Himlen tonas från svart till indigo och något ljusare blått in över stan, där solen senast sågs innan den försvann. En gatlykta sprider en gulaktig ring av ljus, en liten bit bort från där Jonna sitter, på en mur mot en grannes uppfart.

Hon märker att hon vaggar lätt fram och tillbaka. Har någon gått förbi? Hon minns inte, vad har hon gjort? Egentligen skulle hon behöva kontakta någon nu, på allvar. Söka hjälp. Det är bara det att hon börjar känna sig så väldigt trött.

Om hon satt kvar här, eller kanske gick upp i skogen, upp på slätten, vid det omkullfallna trädet. Och bara satte sig, och inte gick vidare, inte letade mer. Undrar om någon skulle märka att hon var borta? Jonathan, ju. Men snart lever han väl inte mer ändå? Hon har drömt om det oftare senaste tiden, om den enorma vågen. Som en vägg av vatten kommer den och tar honom, när hon skulle haft koll, när hon skulle passat honom. Han har mött hennes blick i drömmen, precis som den lilla flickan gjorde ikväll, just som vågen vält ner över honom.

Kanske är det ändå dags att vänja sig av med Jonathan? En tjugofyraåring med trasig uppväxt, försvunna eller döda föräldrar, ofullständig skolbakgrund, i den värsta av branscher med den fulaste fisken till chef, och antagligen med ett litet narkotikaberoende på det. Ingen god prognos. Och inte kan hon hjälpa honom heller, tiotusen hit eller dit, det är småpengar, det blir nya skulder, nya bestraffningar och märkningar. Innerst inne vet hon det. Aldrig kommer hon kunna rädda honom från de där människorna.

Om hon bara satte sig och vägrade fortsätta. Faktiskt skulle hon kunna välja det. Välja att inte söka vidare. Att bara ta emot natten, kylan. Ta emot och acceptera. Att inte ha någon eller något. Välja att inte välja.

Så sjunker hon ihop, som en marionettdocka vars mästare släpper trådarna. Sluter ögonen och väntar på något.

Lugn. Tomhet. Ickeval.

Det händer ingenting förutom att hon känner hur kall hon är om fötterna, de värker. Temperaturen har sjunkit ytterligare, det stiger rök ur munnen som blir gul i ljuset från gatlampan.

Plötsligt tar kroppen över. Den sätter fötterna i marken och lyfter upp packningen. Hon ser upp mot husfasaden där den vilar i dunklet, de vita snickerierna lyser blåaktiga. Och benen börjar gå gatan tillbaka samma väg som de kom. De vet precis vart de ska gå. Om man korsar gräsmattan nedanför sjukhemmet och fortsätter in mellan de höga kastanjerna och lindarna i kanten av den, finns en liten stig, som sedan kröker sig och löper vidare upp på berget. Men tar man sig vidare rakt fram, går man strax utefter tomternas övre gräns, där trädgårdarna lite oregelbundet övergår i skog.

Det är ganska otillgänglig terräng där stigen börjat växa igen, och mörkt är det också, men hon lyfter fötterna högt och känner sig för. Trampar fel en gång och skrapar sig lite på en gren vid vänstra fotknölen men nu tar hon sig inte tid att stanna, benen skyndar sig.

Höga hönsnät skyddar tomterna ovanifrån, men kanske är ingenting förändrat sedan sist? Efter några minuter är hon tillbaka vid Huset, men nu på baksidan, mellan träden, med trädgården sluttande framför sig, bakom staketet. Som hon trodde, hålet är kvar. Nere vid marken är nätet öppet, men en bräda är fastsatt i det, horisontellt, för att öppningen inte ska synas, så att nätet hänger ner och hålls på plats.

Brädan ser rätt murken ut, men i övrigt har ingenting hänt med anordningen. Hon ser sig om, försäkrar sig om att ingen sett henne och lyfter sedan upp brädan så att det blir en ingång precis stor nog för att hon ska kunna knuffa in tvättpåsen och väskan och sedan själv krypa efter. Ett ögonblick står hon kvar, tycker att hon hör ljud inifrån huset och gömmer sig bakom den gamla linden.

Så öppnas en dörr. Det är den stora källardörren. Pappan blir synlig, stegar ut en liten bit i trädgården och böjer sig ner, tar upp något från marken.

Jonna smyger sig närmare, så tyst hon kan, mellan tujorna och planket mot grannens tomt. Det knakar lite och hon fryser i sin rörelse, men han märker henne inte, ser sig inte om, trygg i sin egen trädgård. Han visslar lite för sig själv, några toner i taget, med pauser emellan, som om resten av sången pågår i hans huvud. Sedan tar han tag i en gräsklippare, drar den med sig tillbaka mot källardörren, hukar sig och försvinner in i huset, liksom lätt, förväntansfullt.

Nu är hon tillräckligt nära för att kunna urskilja vissa detaljer i det svaga ljuset från vardagsrumsfönstret. Det är samma ingångar på den här sidan av huset, två stycken. Den vanliga, större källardörren, stor, tung, med ett riktigt lås, infattad i den murade väggen i själva huskroppen. Och så den andra, smala, kortare än andra dörrar, brunmålad. Den leder till en utbyggnad i trä, som sticker ut från stenmuren. Från början var den en egen byggnad, ett utedass. Snart hade vatten dragits in och då hade man istället haft redskap och lite av varje i skjulet. Längre fram byggdes skjulet ihop med huset, och dörren hade då använts till alternativ källaringång och det lilla rummet till hall och grovfarstu. Då hade den smala, bruna dörren också en kraftig hasp på insidan, men inget annat lås.

Om man visste hur man skulle bära sig åt kunde man peta upp haspen utifrån och ta sig in i huset utan nyckel. Jonathan, som alltid slarvade bort sina nycklar, hade mer eller mindre använt den dörren som huvudingång. Pappa hade vetat om det, men inte mamma. Så sent var det visserligen mycket mamma inte hade känt till. Och sedan, en morgon när Jonna var femton, hade de plötsligt varit det bara de tre; pappa, Jonathan och hon. Kunskapen om den hemliga ingången fick hur som helst stanna i familjen. Valentin visste. Såklart.

Jonna smyger nu ytterligare lite närmare, lyssnar noga efter små ljud. Det enda hon hör är fågelsång och svaga röster från övervåningen, där ett fönster står på glänt i ett av de mindre sovrummen.

Så släcks ljuset i vardagsrummet.

Bakom hörnet till utbyggnaden står Jonna kvar i några minuter. Värmer händerna under armhålorna. Väntar, ser på klockan; tjugo i elva. Det blir plötsligt ännu lite mörkare och hon vänder blicken upp mot husväggen. Nu är det tänt i ett enda fönster, det som hör till det största sovrummet, där hon själv haft sitt rum innan de flyttade.

Snart släcks även det sista ljuset och trädgården hamnar helt i mörker.

Det är dags.

Hon fiskar upp sin nyckelknippa ur handväskan, håller om den för att nycklarna inte ska skramla. Betraktar kort dörren, den är sig helt lik, bara ännu mer sliten. Kattluckan är kvar. Hon frigör den lilla armékniven hon fått en gång av Jonathan och som hon nu har som nyckelring, fäller upp det längsta knivbladet. Med ett mjukt ryck i handtaget bekräftar hon det hon hoppats på; det bildas en glipa på ett par millimeter mellan den och karmen. Hon trevar sig fram med fingrarna utefter dörrens kant, någon decimeter ovanför handtaget. Fingertopparna når inte in genom glipan och hon måste gissa sig till den exakta platsen, så som hon minns den. Med slutna ögon litar hon till händerna, för in knivbladet i dörrspringan och uppåt, en liten, liten bit i taget.

Och där. Där känner hon ett lätt motstånd. Så ska det kännas, precis så! Hon lyfter och vinklar knivbladet något inåt och släpper. En dovt metallisk och välbekant klang ljuder, stål som slår emot trä.

Dörren glider upp med ett svagt gnisslande. Hon smyger in, stänger efter sig och haspar ljudlöst på igen. Står kvar i mörkret i några sekunder för att försäkra sig om att ingen hört henne, tänjer försiktigt sin stela nacke och låter den varma luften tränga in genom kläderna. Det är alldeles tyst och luktar rått av källare, gummi och mycket bekant.

Mitt hus, mitt älskade Päronhus!

Jonna tar sig igenom det lilla utrymmet bort mot husgrunden och in i själva byggnaden. Det är nästan helt mörkt. Hon känner ett cykelstyre till höger om sig, snubblar till en aning, men återfår balansen. Det verkar vara någon sorts matta som korvat sig.

Under en längre stund har hon varit förvånansvärt samlad, trygg i förvissningen om att hon kunnat hålla sig osynlig. Men tänk om någon hittar henne här nu, inne i huset? Pulsen är snabbare när hon trevar efter en vägg och känner ytterligare en dörr. Det måste vara matkällaren, och innanför dörren ska det sitta en knapp någonstans, hon famlar sig fram och hittar den. För att undvika att ljuset syns i trappan till våningen ovanför, tränger hon sig in i den lilla skrubben och stänger dörren om sig innan hon tänder.

Till en början är ljusskenet bländande. Efter en stund vänjer sig ögonen och framför sig på golvet kan Jonna se färgburkar, tapetrullar, verktygslådor och ett par olika maskiner som kan vara borrmaskiner och liknande, tillsammans med påsar innehållande pant och en del annat bråte.

Fan, också.

Men hon höjer blicken och där, i hyllorna; påsar med potatis, morötter, en stor glasburk med inlagd gurka, ett antal mindre i gammal stil med hemlagad sylt. Och ovanför dem; en ansenlig mängd konserver. Ravioli, fiskbullar, tonfisk, köttsoppa, inlagda grönsaker, konserverad frukt. Hylla efter hylla. Och på golvet drickabackar med öl.

Burkarna med ravioli, som står överst, är dammiga. De går inte att få upp utan konservöppnare och någon sådan har hon inte, bara en öppnare för kapsyler i armékniven. Men konserverna med fiskbullar har ett litet metallhandtag inbyggt i locket.

Åh herregud, hon är så hungrig, med darrande händer lyfter hon upp en burk, drar av locket, och börjar hälla i sig källarsvala fiskbullar, hela burken, dricker dillsåsen till sista droppen. Sedan öppnar hon en folköl, tänker något i stil med att hon är värd det. Men hon får bara i sig några klunkar, alkoholen smakar beskt och ljummet. Kallt kranvatten, går det att lösa? Efter att noggrant sett till att få med sig burken, locket och ölburken ut, och att allt är sig likt i hyllorna, lämnar hon matkällaren, släcker och stänger efter sig. Trevar sig vidare med packningen bort mot det som borde vara tvättstugan. Ögonen är återigen ovana vid mörkret men från den här sidan letar sig ett svagt sken från gatan in genom det smala fönstret och ljuset leder henne rätt, tillsammans med doften av tvättmedel. Hon känner dörren till tvättstugan, handen minns den blanka, nästan klibbiga känslan av gammalt trä, ommålat i tjocka lager av färg.

Plötsligt störtdyker Jonna ner i något stort och mjukt. Hon kommer på fötter och kan nu se bättre i det stora rummet.

Smutstvätt, överallt. Kanske finns det tvättkorgar någonstans under bergen, men det går inte att se, så överfulla är de. Som ett stormigt hav. Utefter väggarna hänger nästan lika stora mängder ren tvätt på ställningar. Till höger innanför dörren står en apparat, kanske en fläkt eller liknande, avstängd. På diskbänken ett flertal tvättmedelsförpackningar och flaskor, vid väggen en papperskorg, intill några tvättpåsar, liknande den hon själv har med sig. I hörnet, under ventilen, ligger mer tvätt i högar, till synes vikt, och där bakom anar hon elementet.

Hon kliver mellan högarna fram till diskbänken och prövar försiktigt att spola i kranen men det skvalar farligt högt i aluminiumzinken så hon vrider genast av vattnet. En trasa hänger över kranen. Hon lägger den i botten av zinken och låter vattnet landa på den och nu är ljudet mer dämpat. Sedan sätter hon munnen till den svala, ringlande strålen och dricker sig otörstig, sköljer ansiktet och händerna.

Och det är nu hon ska genomföra kvällsritualen. Noggrann tvätt av varje finger, händer, armar. Ta ur örhängena, borsta tänderna. Lägga telefonen på laddning, ställa larmet, placera värdesaker intill sig, i sin vanliga, trygga ordning. Därefter kontroll av elektriska apparater inför natten, gå omkring i lägenheten enligt en särskild ordning, noggrant, metodiskt. Upprepa ritualen tills det känns rätt.

Men det finns ingen tvål, bara lite handsprit i väskan. Ingen tandborste, ingen laddare. Hon kan inte riskera att bli sedd, inte kolla spis, ugn eller strykjärn. Och det här är inte hennes hem. Hon har inte ansvaret. Om en fruktansvärd katastrof skulle inträffa här, som en brand, skulle ingen kunna anklaga henne för slarv. Hon skulle möjligen brinna inne och man skulle kanske hitta hennes sönderbrända kropp efteråt och undra lite över vissa saker, men ingen skulle klandra just henne för att hon glömt stänga av ett strykjärn.

Så hur ska hon kunna genomföra ritualen? Den skulle bli helt fel och behöva förstärkas av ovanligt mycket räknande.

Nej. Hon orkar faktiskt inte.

Fuck this shit.

Jonna diskar hastigt ur konservburken och tömmer ölburken, trixar in dem under annat skräp i papperskorgen. Sedan tar hon av sig kappan och kängorna, gömmer dem under lite tvätt och kryper in bakom tvättpåsarna. Ovanför henne hänger lakan och handdukar på tork. Hon drar ned det tyg som hänger närmast väggen, det kan vara ett påslakan, sjunker ner på högar av något som doftar rent och drar tyget över sin utmattade kropp. Kurar ihop sig i fosterställning.

Tårarna vill tränga fram, men som vanligt måste hon hålla tillbaka dem. Det är svårt att veta om det någonsin skulle vara möjligt att sluta gråta, om hon väl började. Kanske finns det ingen framtid? Kanske är hon en gång för alla fundamentalt ensam, oförmögen att vara som dem, med dem?

De Andra, De Vanliga.

§ § §

Några timmar senare hörs en svag duns. Det är en kattlucka i en liten brun trädörr som slår igen. En svart katthona med vita tassar avslutar sin nattliga jakt med en pälstvätt innanför dörren. Men så sätter hon nosen i vädret och doftar något nytt, något okänt. Hon följer spåret, och där... Där inne bland högarna ligger en människa hon inte har träffat förut. Den syns knappt, men hon känner den allt på doften. En hona är det, och hon sover, det hörs på andningen. Så låter de andra människorna också i det här huset, när de sover, förutom den minsta som andas lite snabbare. Men till deras rum är det tyvärr oftast stängt på nätterna. Det är intressant att människan sover i det här rummet, det har ingen av de andra gjort?

Katten spinner högt och ofrivilligt av lycka och trampar runt bland tygerna på golvet alldeles intill människohonan. När hon är nöjd med sitt val av plats, ringlar hon belåtet ihop sig, trycker mjukt och rytmiskt sina tassar mot den andra kroppen, vars värme hon anar genom tyget.

Det här är min plats. Vår plats, människans och min. Just här.

Och medan den svarta katthonan spinner sig själv till sömns bredvid sin nya flockmedlem, övergår vårnatten till gryning och en koltrast börjar yrvaket kvillra i skogen på berget.

Det är en vacker sång, tycker koltrasten själv. Han har slipat på den, byggt ut den med små, finurliga knorrar och nu ljuder den klart och kraftfullt över skogspartiet och hustaken. Och där kommer ett svar, ja, precis som han misstänkte, från en artfrände. Också tjusigt, det får han erkänna. Lite upprörande är det allt, sången kommer ändå från en plats nära hans eget revir. Honorna ska välja honom, det är oerhört viktigt. Koltrasten tar i ända nerifrån sina brandgula fågeltår och svarar med sitt allra vackraste.

Det är en duell, men också en duett, och han känner sig vaken nu, inspirerad och full av liv.

Då slår de första solstrålarna in över hans upprymda, kolsvarta lilla kropp. Har de sjungit upp solen tillsammans, rivalen och han? Vem vet. Men ett vet han. Ingen av dem ska tystna.

Dagen ska gry. Här ska sjungas.

Shit, hon drog!

Nathalie blir stående i hallen. Hon stirrar in i dörren som just gått igen, med ett ljudligt brak. Ekot sjunger i stenväggarna ute i den gamla trappuppgången. Karl står bakom henne, något ihopsjunken, med armarna utmed sidorna. Han ser blek ut i ljuset från hallampan.

"Shit", säger han, "hon drog."

Nathalie kan inte komma på något att säga. Hon känner i halsen att hon skrikit. Hon var väldigt arg nyss men just nu känns det lite overkligt. Prövande går hon ut i köket och ser sig om, sätter sig obeslutsamt på en stol. Blicken faller på spisen.

"Hon kollade inte plattorna", säger hon, som för sig själv. "Hon kollade ingenting."

Vad kallt det är här inne då? Hon har visst bara behå på överkroppen. Nathalies solbruna mage är helt platt igen, hon har inte ätit mycket de senaste dagarna. Bara soppa igår, och ja, en liten näve chips då, idag en slice av Karls kebabpizza. Hon försöker känna sig nöjd med det.

"Kan du kasta hit min tröja?" ropar hon efter Karl som osäkert står kvar i hallen. "Den ligger på sängen."

Lydigt hämtar han hennes korallrosa kofta och kastar in den genom dörröppningen.

"Det luktar fortfarande sex i sovrummet", säger han och skrattar, som om det vore roligt eller trevligt på något sätt.

"Usch", svarar hon, medan hon drar på sig tröjan, men får genast dåligt samvete.

"Asså, jag menade inte så."

Men Karl går bara in i köket, ställer sig bakom henne och börjar massera hennes axlar.

"Fan, Natta, vart tror du hon tog vägen?"

"Jag vet faktiskt inte. Men hon borde ju ha nånstans. Eftersom hon faktiskt gick, menar jag. Annars skulle man väl inte...jag menar om man inte hade nånstans...?"

"Ingen aning. Jag känner henne inte. Hon verkar ju lite skum."

"Jo, det är hon. Väldigt nojig med allting, så. Och inga kompisar. Fast rätt självsäker samtidigt på nåt sätt. Men det är ju nånting som inte stämmer där."

Nathalie tänker på sig själv nu. Alla de hårda motionspassen, löpträningen på bandet, boxpassen, alla orsakade av de små felstegen, chokladkakan, fredagschipsen som alla skulle proppa i sig jämt. Som de tittade så konstigt på henne om hon inte åt. Vinet. Ständigt detta vin. Och så Venoxinet nu också.

"Alltså, hon kan väl inte rå för det helt och hållet kanske. Det är bara det att jag blir så jävla provocerad av henne."

Karl harklar sig och fortsätter massera, nu mjukare, långsammare.

"Vill du berätta mer om det?" frågar han försiktigt. Hon ler roat för sig själv. Det märks att han försöker praktisera sina nya kunskaper som blivande hälsocoach. Hon låtsas som ingenting, vill inte göra honom ledsen.

"Hm. Ja, okej. Egentligen bryr jag mig väl inte så mycket om att hon är pedantisk. Det får hon väl vara om hon vill. Och problem, det kan väl alla ha, så sett. Men det känns liksom som...som om hon *ser ner* på mig."

Och när hon uttalat orden vet hon med ens att det är alldeles sant. Plötsligt blir hon tårögd. Hon torkar sig irriterat runt högerögat.

"Okej", säger Karl, lika försiktigt. "På vilket sätt?" Hon vänder sig snabbt om, för att se om han driver med henne. Men det ser inte så ut.

"På vilket sätt...? Jag vet inte riktigt. Jonna kan väldigt mycket, vet en sån massa saker. Om historia och religioner och sånt där. Politik också. Jag fattar ju inte ens vad som är vänster och höger, liksom. Förutom alltså i verkligheten då, jag menar jag vet ju att den här handen är vänster och den här..."

Hon viftar med sina långnaglade händer framför sig.

Karl nickar tålmodigt.

"Jag förstår. Fortsätt."

"Kommer du ihåg den gången när vi åt tacos och hon berättade om den där växthus...effekten? Med alla kemiska ämnen och allting. Det knäppaste var att jag fattade det när hon förklarade! Fast nu har jag ju glömt bort det igen då men... Asså, jag förstår inte hur hon lär sig allting, hon har ju knappt gått i skolan på grund av...föräldrarna och brorsan och alla andra problem, du vet. Och sen, jag tycker hon är fin. Liksom nästan vacker. Och hon sminkar sig knappt ens."

"Du är vackrast, Nathalie", säger Karl och hon älskar honom för det.

"Tack, gubben. Men du vet, jag jobbar för det. Det gör inte hon. Hon har bara sitt tjocka, bruna hår och sina raka ögonbryn, och har du *sett* hennes ben, eller? Alltså hur snygga?"

Karl svarar inte, masserar bara tyst vidare.

"Jag är nog faktiskt...lite *avundsjuk* på Jonna." Nathalie vänder sig återigen mot Karl, liksom förvånat.

"Bra jobbat, älskling", säger han ömt. "Du har gjort stora framsteg idag."

"Fan, du börjar bli bra på det där", mumlar hon, nästan skamset. Han skrattar förtjust till svar, som en liten pojke.

Nathalie fingrar på sin vänstra tumnagel. Den har släppt i fästet och glappar nu helt vid ena nagelbandet, och den korallrosa färgen har vuxit ut med naglarna. De behöver helt klart göras om, helst av samma tjej. De har hållit bra ändå. Men just nu har hon ju inga pengar till det.

"Men du..." börjar hon.

"Ja?"

"Du tycker inte jag är...löjlig, eller nåt nu då? För att jag sa dom hära grejerna?"

Han går runt stolen och sätter sig gränsle över hennes ben. Han doftar Karl, nära och lite svagt av svett.

"Jag älskar dig som du är, Natta. Det vet du."

Tårarna väller upp i hennes ögon igen men nu låter hon dem rinna. Han kysser henne och hon tar tacksamt emot. Efter en liten stund lösgör han sig och ser henne i ögonen.

"Men älskling?"

"Ja?"

"Jag tänker att vi kanske ska ta det lite lugnt med...du vet. V." Hon nickar, avvaktande.

"Jag menar", fortsätter han, "du har fått rätt bra med temperament senaste veckorna. Alltså, lite mer än vanligt."

Först vet hon inte hur hon ska reagera, en ilning av irritation letar sig upp genom bröstet. Hon har faktiskt haft det skitjobbigt med allt som har hänt, och med jobbet, och skitssnacket med tjejerna och... Hon möter trotsigt hans blick men han ler bara ömt tillbaka och stryker henne över kinden. Känslan lägger sig, lika snabbt som den väcktes.

Venoxinet hade varit en räddare i början. Hon hade känt sig oövervinnerlig, inget hade kommit åt henne, kyla, hunger, misslyckanden, ensamhet. Men det är en dyr drog, och avtändningen blir lite värre för varje gång, särskilt vid de högre doserna som hon tar när de festar. Det är sant att hon har varit arg en del. Kanske är det därför? Hon drar djupt efter andan.

"Ja...okej. Vi får väl dra ner lite då."

"Vi får nog lägga ner det helt, Nathalie."

"Men gud! Jag kommer gå upp i vikt, jag blir så förbannat hungrig utan den skiten."

"Men du hörde ju mig", säger han, nu bestämt. "Jag älskar dig som du är, säger jag."

Hon nickar tyst och lutar sin panna mot hans bröstkorg. Det börjar bli tungt för låren men hon vill inte att han ska gå ner ur hennes knä. En lugn värme sprider sig inom henne. Hon har blivit välsignad.

En sak återstår.

"Vad ska vi göra med Jonna?" Han skakar långsamt på huvudet.

"Hon har inga släktingar?"

"Bara Jonathan. Och hon kan ju inte bo hos honom..."

"...för han sover hos tvåbarnsmorsan, och gubben kommer hem, ja det sa du. Inga kompisar?"

"Jag tror inte hon träffar någon alls just nu. För fan, Karl, nu blir jag orolig, tänk om...tänk om det händer henne nåt? Och så är det vårt fel? Okej. Mitt fel."

De sitter tysta ett ögonblick.

"Hon kommer väl tillbaka om hon behöver", prövar Karl. "Men har hon inte dykt upp typ....imorgon, så får vi väl anmäla henne försvunnen, helt enkelt. Polisen? Sökinsatser, eller vad de nu heter. Vi gör det imorgon?"

"Ja. I så fall. Imorgon."

Nathalies blick faller på nyckeln som ligger på diskbänken. En sorglig liten metallgrej som är hela skillnaden mellan att ha tillgång till ett hem, och att vara hemlös. Den har hon tvingat av Jonna. Fy fan, va subbigt gjort. Hon tröttnar på tumnageln och river av den, kastar den mot diskbänken och det lilla nyckelhelvetet, men missar, följer den lilla korallfärgade plastbiten med blicken där den singlar ner mot köksgolvet och landar invid skåpsluckan.

Sedan tänker Nathalie på den svarta stickade tröjan som hon stoppade ner i Jonnas packning. Den är varm. Hon hade faktiskt lånat den i smyg och sedan tvättat den, så hon borde veta. Den är till hälften ull, tvättas i trettio grader. Nu hoppas hon att Jonna har den på sig, när solen gått ner, och den kalla natten kommer.

För Nathalie vet egentligen, alldeles oavsett om Jonna behöver hjälp eller inte.

Hon kommer inte tillbaka.

Pierre hade begått ett misstag

Nu vet han det med säkerhet.

Typiska tecken gav sig till känna, ett efter ett, och nu finns inte längre några som helst tvivel. En överdriven lättsamhet och flamsighet hade varit det första, och den kom över honom redan när de stod där vid näckrosdammen, Jonna och han. Senare, ett slags skevhet. Som när något skaver, fast man inte kan lokalisera var det sitter. Och till sist: det gjorde ont när han berättade om Sara, nästan fysiskt, och inte bara för Jonnas skull. Han fick luta sig bakåt i stolen, för att få luft.

Redan samma kväll kom fler bevis.

Sara klagade på att hon var så våldsamt trött, behövde lägga sig tidigt. Hennes ögon var snälla och hon kramade honom hårt och gick och la sig i den säng de alltid förr delade. En utveckling han inte vågade tro på för bara några månader sedan, det enda han hade längtade efter då, och nu låg hon där igen, i sin lilla pyjamas, med det blonda håret utspritt över kudden.

Han satte sig på sängkanten och kysste henne god natt på kinden, sedan hällde han upp ett litet glas whisky åt sig i köket, gick och ställde sig på balkongen med en filt över axlarna och såg ut över kvällshimlen. Den var ovanligt vacker, i olika nyanser av blått och rosa, med solen som en brinnande apelsin ovanför hustaken.

Men när han stod där, med alla livets pusselbitar på plats, infann sig känslan, subtilt, tystlåtet, men någonstans mycket påtagligt. *Antiklimax.*

Strax efteråt, återigen den skavande känslan.

Han slängde ett öga på sin telefon, klockan var tjugoett och tjugoett, ett intressant klockslag i sig, men också verkligen mycket tidigt. Sara var kvällsmänniska, somnade sällan före tolv, även när hon var sjuk. Hon hade haft en blick som brukade betyda ungefär "tack". Eller kanske: *"förlåt"*?

Pierre ställde ifrån sig glaset och smög sig långsamt närmare sovrumsdörren. Inga ljud hördes där inifrån. Kanske hade han misstagit sig, hade hon faktiskt somnat? Han hade, lite skamsen, varit på väg att gå därifrån, sätta på musik på låg volym, se himlen mörkna, sippa vidare på den starka drycken och komma på andra tankar. När han hörde det. Ett litet men välbekant ljud, dämpat men tydligt, det han en gång blivit kär i: hennes flickaktiga, fnissande lilla skratt. Han öppnade dörren, omedelbart, och där halvsatt hon i sängen, med knäna uppdragna och lyster i ögonen, ena handen under täcket och telefonen i knät. Med två snabba kliv var han framme hos henne, tog mobilen ur hennes hand och hann läsa tillräckligt om vad de hade velat göra med varandra just nu, hon och den andre.

Hon grät och beklagade sig, ångrade och bad om förlåtelse, och detta hade hon blivit riktigt duktig på, det fick han erkänna. Riktiga tårar. En engångsgrej bara, de tände på varandra av gammal vana, helt oviktigt! Det var ju Pierre hon ville leva med. Gammal vana? Det som var den gamla vanan, det visste han nu, det var alla lögnerna, uttalade med små snälla leenden. Denna falskhet tycker han nu inte bara är obehaglig och sårande, utan även patetiskt, och avtändande.

Efter ett par timmars argumenterande fick han nog och körde henne till Centralen någon gång närmare midnatt, så att hon skulle hinna med sista tåget till föräldrarna i Ulricehamn. Och när hon förstått att det inte funnits några chanser kvar, upphörde plötsligt tårarna. Hon stirrade uttryckslöst framför sig under hela färden och de utväxlade inte ett ord till, förutom ett kort "hejdå", innan hon stängde bildörren.

Han var så förbannad när han kom hem att det dröjde innan han kunde gå och lägga sig, men när han väl kom i säng, sov han tungt och drömlöst.

Nu är det dagen därpå, onsdagen den tjugosjunde april, och Pierre Marceau har fått bråttom. Jonna Albrektsson kan man välja bort, det är oerhört svårt men möjligt, om man tror att man är tvungen. Men att sedan få henne tillbaka, det kommer troligtvis bli ännu mer komplext, det är han plågsamt medveten om. Och för varje stund som rinner undan, stänger hon sig inne, och honom ute. Det föreställer han sig nu där han står med händerna på cykelstyret, utanför den port dit han följde henne en gnistrande natt för några veckor sedan. Men han tar sig inte tid att tänka på den natten just nu, för här gäller det att agera snabbt. Han har ringt henne, för första gången någonsin, och då plötsligt tretton gånger i rad, men telefonen verkar vara avstängd, och därmed har han nu beslutat sig för att skrida till handling på annat vis.

Han granskar namnen vid porttelefonen. Vad kan hon heta, tjejen hon bor hos? Kan det vara K. Brännstedt? Det klingar inte bekant. A. Aston? Det låter som en seriefigur. N. Kuchta då? N, Nicole? Visst heter hon så?

Pierre sätter sitt stora finger på den irriterande lilla knappen och väntar. Det dröjer ett ögonblick och han önskar att han tagit regnjackan från McKinley istället för anoraken, vädret har slagit om och det har börjat dugga.

Sedan öppnas fönstret på andra våningen och ett ljust, rufsigt hår blir synligt.

"Ja?" ropar en raspig röst.

"Ursäkta mig, heter du Nicole?" ropar Pierre tillbaka.

"Nej!" svarar den raspiga.

"Okej, förlåt. Då var det fel knapp." Han kisar mot de pyttesmå regndropparna och lyfter handen till tack men tjejen hänger kvar, farligt långt ut genom fönstret.

"Letar du efter Jonna?" frågar hon. Han lyser upp.

"Ja! Det gör jag! Jonna Albrektsson, känner du henne?"

Tjejen svarar inte först. Sedan gör hon en gest med sin ena hand, i vilken hon håller en cigarett.

"Du får nog komma upp!"

Lägenheten är från sekelskiftet, central med högt i tak, stuckaturer och kakelugn och han kommer på sig själv med att undra hur en sådan här tjej har kommit över ett sådant här boende. Strax efteråt skäms han. Kanske är hon värsta hotshoten inom något område han inte ens visste existerade. Influencer? Eller vadå förresten, hon kan ju vara advokat och bara gilla den lite trashiga stilen, vem kan veta?

En halvklädd, men i övrigt väluppfostrad, ung man gör dem sällskap i köket och tjejen, som presenterat sig som Nathalie, bjuder på snabbkaffe. Hon undrar lite osäkert om Pierre vill ha chips till kaffet, men han tackar artigt nej och får ett vänligt, urskuldande leende från pojkvännen.

"Jonna har stuckit", säger hon medan hon rör om i koppen.

Efter att, bitvis skamset, och ganska osammanhängande, ha berättat om vad som låter som en arbetsam tid, och en otrevlig eftermiddag, avslutar hon kärnfullt med:

"Så atte…nu är hon kanske uteliggare. Eller död!"

Pierre blir sittande med koppen i handen.

"Herregud", är det enda han kan säga.

"Vi måste ringa polisen."

Jävla ljuslila kavajer

Valentin Rosén testar myggan och rättar till kavajen. Den är ljuslila, en helt förskräcklig färg. Men de har fått order om att bli lite mer färgstarka, på både Efterlyst och Spårlöst och gärna lite mer i framkant vad gäller genusfrågan, såsom resten av bolaget. Han har egentligen inga problem med det, men det blir väl lite konstigt just i den här tablån, förr hade folk nästan polisuniform i sändning, hur macho som helst. Men han som är ny får ju vara glad att han alls får synas i rutan, ful kavaj är ett billigt pris. Det är enbart på grund av programledarens för tidiga pappaledighet som Valentin fått den här chansen och här gäller det alltså att smälta in och låtsas att detta är det enda han någonsin gjort.

Han är ganska nervös men fake it 'til you make it, han gör några slumpmässiga ljud med munnen, häver ur sig några konstiga ord och börjar läsa fiktiva nyheter på olika dialekter för att hjälpa sig själv att spänna av. Kamerakillen och producent-Lars uppskattar det åtminstone. Sedan tystnar studion, texten börjar rulla på skärmen och han får klartecken.

Valentin har kollat igenom texten som hastigast innan och vet ungefär vad som kommer. Han läser med vad han hoppas är ett bekymrat och initierat ansiktsuttryck, tillsammans med den typiska nyhetsuppläsarbetoningen, samtidigt som han lite viktigt fingrar med pappret framför sig, som han ju faktiskt inte behöver läsa ifrån.

Sedan kommer det där försvinnandet, ja.

"Polisen söker nu efter Jonna, tjugoåtta år, från Göteborg." Och där en bild infälld också, den som tittarna ser.

Men vad fan? Det är ju...

Valentin tappar totalt kontrollen över sitt ansikte och måste fokusera hårt för att det över huvud taget ska gå att höra vad han säger.

"Jonna Albrektsson försvann från sitt hem i Johanneberg i Göteborg...under måndagskvällen..."

"Bryt!" Producent-Lars lutar sig fram i sin stol och blänger på honom med ögonbrynen uppe i pannan.

"Vad hände *där* då? undrar han på sin rungande göteborgska. Valentin torkar sig hastigt över pannan.

"Ja, förlåt, vi tar det igen. Ett ögonblick bara, jag måste samla ihop mig lite."

"Är du bakis eller?"

"Nej, alltså...jag kände henne. Vi var barndomskompisar. Gick i samma klass och... ja. En bra tjej. Blev lite chockad där bara."

"Åh, jävlar. Ingen fara, ta din tid."

Valentin tar några djupa andetag och dricker en klunk vatten, baddar pannan med en använd näsduk han hittar i byxfickan. Rättar till den ljuslila kavajen igen, som om det skulle hjälpa.

"Okej, vi kör."

"Jonna Albrektsson försvann från sitt hem i Johanneberg i Göteborg under måndagskvällen. Hon var vid försvinnandet iklädd röd kappa, svarta jeans, svarta kängor och möjligen en svart stickad tröja. Hon har brunt hår och blå ögon, är cirka etthundrasjuttio centimeter lång och normalbyggd. Jonna Albrektsson beskrivs som skygg och tillbakadragen. Allmänheten uppmuntras att rapportera möjliga iakttagelser till polisen. Även Sökinsatser Göteborg är inkopplade på fallet, och man kan alltså också vända sig till dessa med information, eller om man vill bistå dem i sökandet."

Sedan en ny bild, på en blond ung man med lite trubbiga drag och ljusa ögon.

"Jonathan Albrektsson, tjugofyra år gammal och yngre bror till den försvunna Jonna, hittades, även han på måndagskvällen, svårt misshandlad i närheten av Hjalmar Brantingsplatsen på Hisingen i Göteborg."

Här måste Valentin svälja hårt, får en granskande blick av Lars, men återfår kontrollen.

"Jonathan Albrektsson vårdas nu på sjukhus för sina skador och läget är allvarligt och kritiskt. Polisen utesluter inte ett samband mellan Jonnas försvinnande och misshandeln av brodern Jonathan. Alla iakttagelser ombeds omgående rapporteras till polisen."

På väg hem i sin mammas vita Renault Clio, stannar Valentin till utanför kiosken vid Lindholmen. Han tar några djupa andetag och kramar ratten. Sedan går han in, köper en latte med plastlock och en kanelbulle som han bär tillbaka in i bilen på en liten pappbricka.

Medan han tuggar i sig bullen, ser han framför sig en flicka med brunt hår i lugg och flätor, blyg bland folk men hemma sprallig, ofta utklädd till oigenkännlighet. Hon klättrar över staketet i hans trädgård, vinner över honom i pilkastning, skrattar så att cornflakes och mjölk sprutar ut över hans köksbord och så att han själv trillar av stolen.

Sedan en liten ljus pojke med uppnäsa som gömmer sig bakom henne när hon öppnar dörren som Valentin nyss knackat på. Blir hemburen av henne när han ramlat ner i brännässlorna bakom lekstugan. En tystlåten men modig kille i skolan, den förste att skaffa skinnjacka och tuppkam.

Strax efter det; en bild av hans sönderslagna ansikte, i Valentins fantasi på den pojkkropp han minns.

Han bränner tungan på kaffet, spiller på sig och svär en ovanligt lång och ful ramsa, över att alldeles för hett kaffe serveras i så kassa pappmuggar, över jävla ljuslila kavajer, människor man älskar men förlorar, och världens obegripliga ondska.

Sedan tar Valentin Rosén upp sin telefon och slår in siffrorna han kladdat ned på servetten. Några signaler går fram. Sedan en röst:

"Sökinsatser, Göteborg."

Du måste ringa mig!

När Jonna vaknar befinner hon sig liggande på rygg i en värld av tyg och hon har en tyngd på bröstet.

Det är en svart katt, och den spinner.

Det tar någon sekund innan hon förstår var hon är och inser att hon måste ligga kvar, helt still, och vara fullkomligt tyst. Hon ser inte mycket av rummet från sin plats, är omsluten av lakan och handdukar som hänger från tvättställningar i taket. Framför henne står stora tvättkorgar och kassar, också de överfulla av tvätt.

Katten ser upp på henne med nöjda, kisande ögon. Jonna tittar tillbaka en stund, sedan börjar hon försiktigt klappa den över ryggen. Katter är så lika varandra, den trycker huvudet mot hennes hand, precis sådär som deras gamla katt alltid gjorde. Som alla keliga katter gör.

Snart hörs ljudet av rinnande vatten i en ledning som löper utefter tvättstugans bortre vägg. Någon i huset är vaken. Katten lyfter huvudet, spetsar öronen och slutar helt abrupt att spinna. Därefter hörs ett steg i golvet ovanför och inom en sekund är katten spårlöst försvunnen.

Snart ljud av rörelse, skrap av stolar och mumlande röster. De kommer från ventilationskanalen i skorstenen, som löper genom hela huset från skorstenen och hela vägen ner i källaren och löper ut innanför gallret i murstocken strax utanför tvättstugan.

Jonna minns hur hon och Valentin suttit där, i det lilla utrymmet bakom tvättstugans öppna dörr, och tjuvlyssnat på hennes föräldrar som samtalat i vardagsrummet. De hade hört i stort sett allt som sagts men det hade inte lett till några som helst spännande avslöjanden, eftersom de egentligen inte hade förstått något alls av samtalet. Men de hade varit osynliga och hemliga och tittat på varandra med uppspärrade ögon och jättelika leenden, medan de tuggat i sig russin och blockchoklad som de hittat i matkällaren.

Från sin plats i klädhögen hör hon nu brottstycken av meningar som tyder på att familjen äter frukost och gör sig klar för dagen. Då och då ett litet otåligt barnskrik. Efter kanske tjugo minuter hörs ytterdörren stängas. Strax efteråt börjar Jonna försiktigt röra på benen, reser sig långsamt till sittande. Ena foten har somnat.

Då öppnas plötsligt dörren ner till källaren och en barnröst ropar:

"Jag har den inte! Den är nog i tvätten. Vänta!" Något svagare, kvinnorösten:

"Men skynda dig då, vi måste åka!"

Och plötsligt är någon på väg ner för trappan.

Jonna tar snabbt tag i några klädesplagg från kassen närmast och lägger ovanpå sin överkropp och huvud, ligger blick stilla.

Någon befinner sig nu i samma rum och hon håller andan, räknar i huvudet till sju, sju gånger, på väg mot en ny omgång. Sedan ropar barnet igen, nu alldeles intill henne:

"Dom är inte tvättade! Påsen är här men den är tom. Jag hittar bara skorna!"

"Ta nåt annat då", svarar mamman som nu kommit ner i källaren, hon med.

Jonna börjar svettas under kläderna och kan inte hålla andan längre. Luften är varmfuktig under tyget. Genom en glipa ser hon en hand röra sig alldeles nära.

"Jag tar den här tröjan då", säger barnet.

"Men jag får skita i shortsen, jag tar mina mjukis istället."

"Var är dina mjukis då?" Mamman suckar. "Jag måste lämna Bianca nu om jag ska hinna, ta nåt nu bara, snälla söta Cornelia."

"Dom här då."

Steg hörs genom rummet, på väg bort.

"Herregud vad här ser ut…" Mammans röst, som för sig själv. "Vi måste röja här nån dag. Så, är du klar nu?"

Deras fotsteg i trappan och ytterdörren igen, sedan ingenting mer. Tystnad.

Efter ytterligare en längre stund, vågar Jonna sätta sig upp, böja benen och flytta sin fot, som sticker ilsket. Försiktigt reser hon sig till stående bakom lakanen och kikar fram, ut i rummet. Ingen där. Helt tyst. Hon tar sig förbi högarna och bort mot dörren.

Hur vet man om någon är hemma fortfarande? Hon har hört mamman, flickan som heter Cornelia, och troligen även den lilla Bianca, lämna huset. Innan dess ett annat sällskap, förmodligen pojkarna och pappan. Kan någon trots allt vara någon kvar?

Alldeles oavsett behöver hon gå på toa igen. Och äta. Förbannat med dessa fysiologiska behov som ger sig tillkänna hela tiden. Hon har redan stulit mat ur deras matkällare, det är illa nog. Hur ska hon återgälda det? Några pengar äger hon inte och nu måste hon få i sig något återigen, så är det bara. Visst skulle hon kunna låta bli, det finns ju folk som svälter. Nathalie äter inte mycket i perioder och hon överlever ju, även om humöret blir lite därefter.

Några minuters tystnad senare, börjar hon långsamt smyga ut ur tvättstugan och röra sig mot trappan till entréplanet. Det är samma trappa, samma uråldriga, breda ekplankor, blanknötta av hundra år av fotsteg. Vissa trappsteg knakar, men vilka? Andra steget tydligen, sjätte och elfte.

Sedan går det att nästan ljudlöst ta sig upp till dörren, som står öppen.

Hallen är inte riktigt sig lik. Nya golv, ljusa väggar. Det är rörigt, skor och jackor överallt, utefter väggen står en fjärrstyrd monstertruck av något slag och twistband uppspänt mellan två dörrhandtag. Jonna försöker föreställa sig hur hennes egen mamma hade hanterat det.

Ett hastigt minne: Mamma står vid diskbänken och gråter. Det är innan de skaffar diskmaskinen och Jonna är just klar med hela jättedisken, men hon har missat att torka bort en del av vattnet från diskbänken och det har skvätt lite på golvet. Mamma är besviken. Kanske kommer Jonna aldrig att kunna få en man i framtiden, om hon är såhär slarvig, undrar mamma. Jonna är tolv år, hennes ben är långa och smala, knäna lite knotiga där de sticker fram under de avklippta jeansshortsen. Det ser hon nu när blicken sjunker, som hjärtat i bröstet. Glaset hon håller i handen släpper hon i golvet, det splittras i tusen glittrande små kuber som haglar över hela köket. Hon rusar ut, bort, till Stenen, till Valentin.

Inga andra ljud hörs nu, inga tecken på rörelse i huset. Hon är ensam. Jonna tassar närmare vardagsrummet och kikar in. Öppna spisen är kvar, parketten på golvet. Doften något förändrad, men en basnot av huset går att urskilja. Nästan som en bastu, lite bränt, sött trä, eller bergamott.

Åh, mitt hus, som jag har saknat dig!

Hon smyger in på den lilla toaletten innanför hallen, kissar och ser sig omkring under tiden.

Det här rummet är också renoverat. Borta är de gula vävtapeterna, täckta med vykort från världens alla hörn, ersatta av ljusgrått kakel. Lustigt nog finns det tvål som doftar päron. Hon tvättar händerna så det löddrar och skummar, luktar sig snabbt under armhålorna och blaskar väldigt snabbt med löddret även där. Hon kan konstatera att en grundligare rengöring egentligen behövs. Men hon kan inte kosta på sig att vara här mer än absolut nödvändigt, ytterdörren är alldeles intill. Ett barn kan komma hem på en rast, man vet inte.

Samma ögonblick som hon sätter foten över tröskeln till det stora, kvadratiska köket, dyker katten upp, som från ingenstans. Den sträcker på sig som om den just legat och sovit i närheten och plirar förväntansfullt på henne. Den tycker tydligen att det mest naturliga i världen hade varit om en total främling tagit sig in i huset för att servera den kattmat. Men några sådana extravaganser törs Jonna inte ge sig på och gör en urskuldande axelryckning mot katten, som inte verkar vilja förstå, utan fortsätter kisa upp mot henne, spinna och trampa runt hennes fötter.

"Erkänn, du har redan fått mat idag", viskar Jonna till katten som bara kisar kurrande. "Jag tycker du undviker frågan", väser Jonna, men katten bara trampar vidare och är allmänt i vägen. Till slut hittar hon en köttbulle i kylen och bjuder på den.

Köksluckorna är nya, och den lägre diskbänken, som infördes för pappas skull, är inte kvar, en ny träbänk finns i dess ställe, med en rund aluminiumzink nedsänkt i skivan. En onödigt hög kran, som ska föreställa gammaldags, böjer sig över den. Känslan i köket är ändå sig lik. De höga spröjsade fönstren mot gatan, där solen alltid verkar skina in. Det var detta hon föll för i Nathalies lägenhet; det köket var likt hennes, det här köket.

Hemma. Men fri.

På träbänken står en brödburk av metall. Där hittar hon nu två olika limpor, den ena knappt påbörjad, den andra nästan slut. De där ändarna som ingen vill ha, dem tar hon, båda två. Det står lite kaffe kvar i en perkolator, det är fortfarande ganska varmt, och en ren blå kopp finns i ett skåp. Hon skyndar sig, håller sig undan fönstren och går en hastig och försiktig husesyn med muggen i ena handen och sin något torra fralla i den andra.

Bakom köket ligger jungfrukammaren. Där hade man haft hembiträde under de första åren och rummet tjänade sedan som pappas arbetsrum när hon var liten. Nu verkar det användas som förråd. En låda med julpynt står närmast dörren, och bakom den ett antal akvarier staplade på höjden.

På övervåningen är det som om tiden stått still. Kanske är väggarna ommålade, men här har alltid varit ljust, så det förändrar inte intrycket. De stora, breda spegeldörrarna som leder till de rymliga sovrummen, de tunga skjutdörrarna till det största av dem, den rymliga ytan runt trappan med sitt utsirade träräcke.

Här bor de allihop. På dörren till det första rummet sitter en lapp med det stränga meddelandet "bröder ska hålla sig botta helsar Cornelia". Väggarna är till stor del täckta av planscher med rockband och fotbollshjältar. I stora rummet står en dubbelsäng, där sover föräldrarna, vid ena sidan om den, en vit barnsäng. De två mellanstora rummen i fil är alltså de båda äldre pojkarnas rum. I den enes står en bur på golvet med något som kan vara en hamster i, och en stor faktabok om djur ligger bredvid sängen. På väggen sitter en inramad plansch med motiv från Star Wars.

Det slår henne att samtliga familjemedlemmar är anmärkningsvärt dåliga på att hålla ordning. Alla utom en. Det innersta rummet är prydligt; inga kläder på golvet, sakerna organiserade i märkta lådor på hyllorna, ytorna rena och avtorkade och en liten griffeltavla på väggen med punkter att göra. "ke-prov tis, Marcus fre, besök Chalmers. Ring!" står det skrivet med ovanligt välformade bokstäver, för att vara med krita. Det här borde vara äldste sonen. Hon känner en instinktiv sympati för honom. Han kämpar på, i kaoset.

Hon behöver gå ner och hitta något att ha med sig till matsäck, komma härifrån, så fort som möjligt. Men hon vill egentligen stanna. Långsamt gå från rum till rum, lyssna till husets ljud, de små knäppanden som man inte vet varifrån de kommer, susanden av drag genom hål och glipor, från skorstenen, knarrande golvplankor. Hon vill stryka med händerna över alla ytor, väggar, golv och dörrar, stora, blanka spikhuvuden inslagna i golvlisterna, för hundra år sedan. Sitta på platserna där hon brukade kura ihop sig, i den djupa fönsternischen i trappan här, vid öppna spisen, framför fönstret i sitt gamla rum. Om hon kisar kan hon föreställa sig sitt skrivbord mellan tyllgardinerna, där hon suttit och författat fåniga tonårsnoveller och dramatiska teaterpjäser där alla dog i slutet. Hon ställer ifrån sig kaffekoppen på en byrå och tar ett par steg in över golvet.

Jag är här nu, Jonathan. Jag är hemma, hos oss. I Päronhuset. Där allting började, mitt i orsaken till allt som blev. Hur vi blev. De här rummen är essensen av det vi är gjorda av, och här står jag, igen. Du skulle se mig nu. Du skulle varit här.

Och hon ser sig själv sitta där, vid skrivbordet, hör pappa ropa i trappan. Han är kvar i rullstolen på entréplanet medan Jonna är på andra våningen ensam med mamma, som ligger i sin säng. Mest sover hon ju, men ibland ropar hon på Jonna och ber henne kolla elementen, om det kommer ut gas ur dem. Eller ur blomkrukorna, för det kan det också göra ibland. Och om hon tittar upp mot ventilerna så ser hon att det finns kameror monterade där inne, de är osynliga, men de filmar minsann allt som händer.

Jonna är van nu, tretton år och förståndig. Hon vet att det inte kommer någon gas, att de inte är bevakade av Säpo. Men hon saknar en mamma. En sådan som Valentin har. En som har jeans och nytvättat hår och luktar sådär gott, som nyss kommit från jobbet, packar upp en matkasse och leende frågar om man har haft det bra i skolan, om man vill ha hönökaka eller fil och som med ett förmanande uttryck vill att man gör läxorna innan man går någonstans, och att man är hemma innan det blir mörkt. Jonna har fått sin första mens och pappa är så gruvligt obekväm, kan inte ens fråga henne om hon behöver något, ber henne bara prata med faster Karin i Örebro, hon vet, hon är kvinna. Men Jonna vill inte ringa faster Karin och prata mensskydd och värktabletter, fastern tittar alltid på henne underligt, ler lite, som om hon något är roligt fast man inte vet vad det är. Det där leendet hörs också i telefonen. Pappa ropar igen. Kan du hjälpa mig med en sak, Jonna? Så frågar han, fast han sällan egentligen vill ha hjälp än. Hela köket är anpassat nu, han når allt han behöver och vill fortsätta att träna på motoriken, så länge han nu kan. Och pappa kan fortfarande gå några steg om det är nödvändigt, sträcka sig, hålla kvar i glas och burkar. Han skakar en del, så att kaffepulvret skvätter lite utanför filtret men Jonna är van att städa, det går fort.

Kan du komma lite snabbt bara, Jonna-älsklingen?

Nej, han ropar inte för att han behöver hjälp, utan för att hon gör det. Hon behöver skyddas från sin mamma, hållas undan från henne. Och Jonathan. Han är så liten än. Men han har redan stängt av, slutat fråga. Nio år gammal stannar han till utanför rummet. Om skjutdörrarna är öppna, ser han uttryckslöst in på sin mamma där hon ligger. Sedan går han in på sitt eget rum och kommer inte ut på länge.

Men nej, inte nu. Inte än. Hon orkar inte än.

Ner för trappan springer hon, ser sig inte om. Hon var inte beredd på detta, denna flod av minnen. Hon räknar till sju, sju gånger, svänger vänsterfoten framför högern och styr kontrollerat mot vardagsrummet. Mat. Så var det. Hon skulle ta med något att äta, ut härifrån, innan någon kommer hem och upptäcker henne. Det får inte hända. På matsalsbordet hittar hon tre övermogna bananer på ett fruktfat, bredvid en stor klase nyare, ljusgula. Hon tar snabbt två av de övermogna, hittar några små mjukost i kylen, rusar ner i källaren och byter till ny t-shirt och rena underkläder som hon hittar i sin egen tvättkasse. Sedan klär hon på sig den svarta stickade tröjan. På rutan i det smala fönstret under taket kan hon se små regndroppar landa. Efter en kort stund hittar hon en fodrad gammal regnjacka i vitt och grönt. Den passar henne, och borde alltså vara mammans. Där hänger även en nyare, rosa och säkert dyr, funktionsjacka, även den tillhör förmodligen mamman. Hon kommer säkert inte att sakna den gamla.

Den rosa skulle Nathalie ha gillat, tänker Jonna. Fröken Kaos ter sig verkligen inte lika kaotisk i det här sammanhanget.

När Jonna packat det hon behöver, ser hon till att alla andra tillhörigheter är väl dolda i ett hörn under tvätt och går sedan mot källardörren.

Räkningarna. Snart kommer de gå vidare till kronofogden och hon måste hitta ett sätt att få pengar så att hon kan betala dem.

Jonathan. Hon måste få tag på honom, få veta hur han mår, hur det gick med skulden och den där ljusröstade, obehagliga människan. Och helst vill hon själv få hitta någonstans hon kan sova. Det är ändå en del att fixa, mycket att tänka igenom. Här i Päronhuset finns skydd, medan hon tänker ut en plan. Här är hon hemlig, osynlig, gömd i röran. Hidden in plain sight. Om hon är noggrann och tänker på allt, kan hon komma tillbaka hit i natt, sova inomhus, hitta något att äta. Säkert har hon lämnat fingeravtryck på några ställen. Perkolator, handtag, vattenkran. Men så länge ingenting försvinner som någon kommer att sakna, så länge ingen misstänker något, kommer det inte att spela någon roll. Hon tar bara lite av det som blir över, som ingen vill ha. Skalkar, ändar, övermogen frukt. Sådant som slängs. Hon får inte göra några misstag, men hon är bra på att vara noggrann. Observera, notera, förbereda, planera. Minnas detaljerna. Är det något hon kan, så är det just detta.

Men det finns en sak till som hon vill veta innan hon går ut. Kan det finnas en laddare här som passar hennes telefon? I så fall kunde hon starta upp den helt kort och se om Jonathan ringt. Hon smyger uppför källartrappan igen, försäkrar sig om att hon ännu är ensam och fortsätter sedan upp till andra våningen igen. I den ordningsammes rum hittar hon en laddare av fel fabrikat. I föräldrarnas sovrum sitter däremot två olika i de båda uttagen närmast sängen, varav den ena passar. Gud, en sådan tur!

Att flytta på laddaren törs hon inte. Om hon inte skulle hinna sätta tillbaka den skulle det kunna ställa till problem, den skulle saknas, och eftersökas. Istället sätter hon sig försiktigt på den obäddade sängen och kopplar in mobilen. Det går fruktansvärt långsamt. Först ska telefonen annonsera att den har för lite batteri, sedan följer en väntan på att procenten ska stiga och resten av inloggningsproceduren sniglar sig fram. Jonnas puls slår tvärtom allt snabbare och telefonen blir svettig i handflatan. Tänk om någon kommer nu? Vad gör hon då? Hoppar ut genom fönstret?

Till slut är hon inne. Hon har helt orimligt många missade samtal och sms. Varför? Och hur ska hon hinna läsa alla? Efter att snabbt ha ögnat igenom aviseringarna ser hon att ingen av dem är från Jonathan. Hon öppnar istället det meddelande som ligger överst. Det är från Nathalie.

De små bokstäverna blickar tillbaka på henne från den lysande skärmen. Hon stirrar på dem men kan först inte förmå sig att förstå vad de betyder. Sedan rycker hon ur telefonen, rusar nerför trapporna, får med sig väskan och kastar sig ut genom källardörren, ut i trädgården, som den inbrottstjuv hon nu faktiskt är.

Ser sig snabbt omkring och springer det fortaste hon kan upp i skogen, med andetagen värkande i bröstet, liksom orden på näthinnan:

"Du måste ringa mig! Jonathan är skadad, han ligger på Östra."

Andetag, hjärtslag

Så fort Jonna försvunnit utom synhåll på Hjalmar Brantings-platsen, rycker någon tag i Jonathans jackärm och sliter honom runt hörnet av byggnaden. Han hinner se in i ett par ögon han inte kan identifiera, gör en kraftfull, vevande rörelse med båda armarna bakåt för att komma loss, men hinner inte. Ett slag landar i magen, en spark mellan benen, hans händer slår hårt i asfalten och småsten skär in i handflatorna.

"Nu vet du vem du ska lyda", säger en röst bakom honom. En röst man inte kan glömma.

"Och att du ska fortsätta hålla käften."

Något hårt landar mellan ögonen och en smärta exploderar i en våg som startar från pannbenet och blixtsnabbt ger sig iväg mot bakhuvudet.

"Jag tänkte hälsa på din syrra också", fortsätter rösten, nu liksom långt bortifrån. "Så att hon också fattar det."

Sedan en spark till, som han egentligen inte känner, därefter fler slag, och en yrsel, som om han faller i en dröm, eller ställer sig upp för snabbt.

Där och då försvinner han. Eller nej. Det är världen som försvinner, och han hinner precis registrera det. Allt det som gör honom till Jonathan - rastlösheten, nyfikenheten, oron, stressen över pengar, kärleken till Diana, till Jonna, musiken - allt liksom rinner av honom.

Han är någonstans. Men han är inte han, han är något, eller alla, eller ingen. Det är mörkt, eller mörkt rödbrunt. Han vet ingenting, och undrar ingenting. Ingenting finns inte, och inte heller någonting. Inga ord, ingen kunskap, ingen värld.

Men han är där. Han kan inte tänka men han kan veta, och lägga märke till. Och han vet att något kan hända nu. Det kan vara dags, och han väntar på nästa tecken, väntar i den vetskapen, observerar allt.

Andetag, hjärtslag.

Han känner dem men vet inte vad de är för något, förstår inte att de är en rörelse, en känsla, eller ett ljud, och han undrar inte över det. De bara är där, med honom, i varandet, i väntan, och han noterar dem mycket noga. Och andetag och hjärtslag är det enda som finns.

Sedan finns de inte mer. Och inte heller någon oro, ingen smärta och inga frågor.

Det finns närvaro. Väntan. Vetskap.

Tiden går, kanske några år?

Sedan hör han ljud. Det är ord. Han förstår dem inte, men lägger märke till att han inte gör det. Han blir också medveten om att han vet att det är ord, att det är tal, och att han undrar över det.

Det går fler eoner, i en tom men fylld, minimal men oändlig, världsrymd av tid och rum.

När den tar slut, känner han igen en röst. Han är medveten om att han har en kropp, ett huvud, och händer. Det gör ont, en dov smärta i mage och bröstkorg, panna, ansikte och mun. Han gör en kraftansträngning för att öppna ögonen.

Ljus strömmar ovanifrån och han blinkar för att blända av det.

Då hör han rösten igen och han förstår de flesta av orden.

"Han är vaken! Dios mio, doktor, han är vaken! Jonna, kom! Los ojos! Han öppnar ögon!"

Strax efteråt ser Jonathan ett ansikte han känner igen, mörka ögon, ett brett leende och svart hår runt huvudet i en sky av lockar. Och strax därpå, ett annat ansikte, med brunt hår, nu draget bakom ena örat, och de blå ögonen med de tydliga ögonbrynen ovanför. Det är hon, den han känner mest, den han alltid har känt, det är hon som är Jonna. Och den andra är hans kärlek, men han minns inte hennes namn. Den ena kvinnan gråter högt, och hon skrattar också, den andra håller hans hand mot sin mun och hennes ansikte gråter, fast utan tårar. Han känner igen dem båda så väl och vill så gärna svara dem att han lever, att han varit långt borta men nu har han kommit tillbaka, att allt kommer att bli bra. Men han blir plötsligt väldigt trött igen, blundar och domnar bort, nu i en sömn med drömmar där hans kvinnor är med honom.

När sömnen tar slut kan Jonathan ganska genast öppna ögonen. Han har ont men känner sig lite klarare, vaknare, men trög, ungefär som efter en natts hårt supande. Jonna och hans kvinna, som han nu vet heter Diana, är kvar i rummet, nedanför sängkanten. En tredje, medelålders kvinna i gröna kläder, sitter vid hans sängkant.

"God morgon, Jonathan", säger hon med något slags stockholmsk dialekt och ett leende. "Välkommen tillbaka."
Jonathan försöker få kontakt med sin mun och tunga. Allt är svullet och värker och han lyckas inte få ur sig så många konsonanter men kanske förstår hon ändå.

"Du är på Östra sjukhuset, jag heter Kerstin Sjöström och är läkare här. Förstår du vad jag säger?

Jonathan hummar till svar.

"Ja, jag vet att du inte kan prata så bra, men du ser ut att hänga med och det gör oss glada."

"Du kom in med ambulans för två dygn sedan men har varit medvetslös en stor del av tiden. Du blev illa tilltygad av någon som jag hoppas att du inte är kompis med. Kraftigt våld mot huvudet och även mot kroppen. Du har också opererats i huvudet för att avhjälpa en hjärnblödning. Vi var på väg att tappa dig där en stund, men du stabiliserade dig och det är vi glada för. Den här typen av skador är inte att leka med. Men vi vet inte riktigt effekterna av blödningen fullt ut än. Vi har sytt ihop dig lite i ansiktet och inne i munnen också, som du kanske känner? Nej, nej, ligg kvar där, för bövelen!"

Han har försökt sätta sig upp men en skarp smärta i mellangärdet, tillsammans med läkarens bestämda hand, tvingar honom tillbaka ner i britsen.

"Jag har inte pratat klart än, mister. Din mjälte är brusten och ett par revben är av. Så det är ryggläge som gäller i några dagar. Säkert får vi hålla dig kvar i en vecka, minst. Och se till att allt funkar som det ska. Häruppe också."

Hon tappar honom mycket lätt på pannan och Jonathan försöker nicka men han känner sig liksom långsam.

"Du får ett morfinderivat om du tycker att du känner dig lite avdomnad", säger den tankeläsande läkaren. Hon visar på en droppställning och han kan följa slangen med blicken, in i högerarmen. Han har en sjukhusskjorta på sig med uppkavlade ärmar, ett tunt täcke över kroppen upp till midjan.

"Den vägen får också lite annat du behöver. Fast föda får du vänta med men vi kan testa med något flytande ikväll om du vill och orkar. Lite nyponsoppa kanske? Milkshake?"

Jonathan känner en lustig tacksamhet över just detta, som om han var fem. Läkaren lägger en hand på hans arm och ser allvarlig ut.

"Du blev svårt misshandlad. Minns du något av det?"

Han ser ett par ögon framför sig som han inte kan placera, hör en vass röst bakom ryggen.

"Mm, ite." Han kämpar med munnen. "A to de va tå."

"Hm, ja. Det är bra. Du ska få träffa polisen senare, när du har lite lättare att prata. Kanske imorgon, vi får se. Du har ett par oroliga tjejer här också, de har väntat sen igår. Orkar du med att hälsa på dem en lite kort?"

"Aa", får han fram och läkaren lämnar rummet.

Diana har som vanligt känslorna utanpå och pratar mer spanska än svenska, och Jonna får lugna henne, den senare kan också berätta att Diana bjudit henne på mat i caféet och att båda två kan vara säkra på att hon ska bjuda igen. Hon är bara inte så stadd vid kassa för tillfället. Jonathan minns plötsligt varför.

"Hölåt", viskar han.

"Nej men tänk inte på det, det ordnar sig. Jag har lite tid över just nu så jag tänker att jag kommer och hälsar på dig ganska ofta, om det är okej?"

"Och du kan komma till mig sen, mi amor", flikar Diana in. "Nu jag har sagt till Ruiz, el idiota, vete al diablo, har jag sagt, och kommer inte tillbaka…"

Äntligen. Ruiz ska ut, Diana blir bara hans!

Men nu minns han det, han kommer ihåg något som han måste säga till Jonna och det är så oerhört viktigt och dessutom bråttom, att han inte får fram något alls, utan griper om hennes hand och drar henne emot sig och det gör så ont i bröstet och hon får säga till honom på skarpen.

"Ta det lugnt! Vad är det du vill säga?"

Det är helt omöjligt att artikulera, viskande kämpar han med något som låter som ett låtsasspråk, med några få språkljud. Men Jonna lyssnar intensivt, tolkar något kort och tyst tills han med möda nickar och låter huvudet luta tillbaka mot kudden.

Diana ser frågande på henne men hon rycker bara lite på axlarna.

"Ja alltså...jag hörde inte riktigt."

Men såklart har Jonna hört. Precis som när han var liten och inte kunde prata rent, var hon den som fick översätta åt föräldrarna. Visst har hon hört. Hon reser sig upp, ser sig instinktivt omkring, klär på sig den grönvita regnjackan, trär väskan tvärsöver bröstet och lutar sig emot honom. Ler och stryker honom över kinden.

"Jag lovar", viskar hon så tyst hon kan i Jonathans fortfarande lena, välformade öra.

"Jag kan gå under jorden. Är det nåt jag kan så är det just det."

Vissa saker får man offra

Hussein är rädd nu. Nej, inte rädd, skräckslagen, att han har förlorat Tomas förtroende. Han har sett det i den kalla blicken, hört det i de korta, tillbakahållna kommentarerna. Inget "bror", inget "mannen".

Det hade ju börjat så bra. Han hade visat tydligt hur redo han var, målmedveten, det hade verkat imponera. Nej, han hade inte dealat förut, och bara varit i ett antal vanliga slagsmål sedan han kom till Sverige, Göteborg och Biskopsgården. Inget professionellt, inget grovt och inget på beställning. Men hemma i Somalia hade han fått slå sig fram i alla möjliga sammanhang, och han hade sett saker, mycket värre saker än de naiva lärarna på skolan hade kunnat greppa. De hade suttit där vid sina bord med sina papper och datorer, helt stumma hade de varit när han berättat, med hjälp av tolken. Särskilt det där med dödsskjutningen av storebrodern hemma i byskolan, Husseins övernattning i trädet utanför, i skydd av lövverket och den varma, svarta natten, för att undkomma milisen. Våldtäkten på mamman och systern, framför honom i köket, då han som elvaåring försökt ingripa och fått sin näsa förstörd. Och hur han hade kommit hit samma år, ensam, utan en aning om ifall någon mer i familjen överlevt.

Så illa är det inte här i Sverige. Inte än i alla fall.

Han hade bestämt sig för att göra något hederligt med sitt liv. Det här är ett land som accepterar alla, där vem som helst kan lyckas. Det hade han fått veta av kusinen som kommit hit som liten, som byggt sig ett liv här. Ja, svenskarna räknar ju honom inte som kusin då, utan som fars kusins son, suslin, eller vad det kan heta. I Somalia spelade det ingen roll hur man var släkt, var man det alls, så litade man på varandra, och ställde upp. Och kusinen, som var taxichaufför sedan ett par år, hade tagit emot honom i sin lilla lägenhet. Han hade bäddat åt honom på soffan och berättat om det förlovade landet. Den avgiftsfria skolan, sjukvården, SFI. Bussar som gick när de skulle, fria och hemliga val till flera olika politiska partier. Staten var god här, ville folket väl, bestod inte av militärer som godtyckligt bytte arbetsgivare och satte skräck i byarna utan förvarning eller uppenbar anledning.

Det fanns en kvinna som satt i skolans minsta rum, *speciell pedagog* tror Hussein att hon kallades. Hon hjälpte till med saker som var speciella och svåra och hon hade alltid schalar och stora örhängen, lite som kvinnorna i hemlandet. Det var hon som hittade honom i städskrubben när det var brandövning och han trodde att det var flyganfall. Och han frågade henne hur man gjorde nu, när man skulle bli lastbilschaufför. Steg ett, steg två? Vart vände man sig, var i staden låg detta, i vilket hus? När kunde han börja?

Den speciella pedagogen hade tittat på honom med snälla ögon. Sedan hade hon ritat på den vita tavlan med pilar och bilder på olika hus med krångliga namn. De var skolor som man behövde klara först för att få bli lastbilschaufför, och minst arton år måste man vara.

"Men jag kan köra", hade han sagt. Och det var alldeles sant för redan vid tio års ålder körde han farbrors traktor och fars pick-up, alldeles själv.

"Jag ska bara lära mig köra lastbil. Stor, lång lastbil. Och få körkort. Jag kan!"

Men hon la sin hand på hans arm, på ett sätt som främmande kvinnor oftast inte gjorde med tonårspojkar i Somalia. Men han förstod att det gick bra här, och han reagerade inte, lyssnade bara uppmärksamt och studerade hennes kroppsspråk. Huvudet som skakades, så att örhängena klirrade stilla.

Det var svårt att förstå allt hon försökte förklara. Regelverken, de olika nivåerna och kraven gick mer eller mindre förbi honom. Men den där handen på armen talade om hur det låg till, klart och tydligt. Han som fått beröm av henne för att han lärt sig alla bokstäverna så snabbt, förstått hur man sätter samman ljuden till ord, och börjat skriva egna små meningar med punkt och stor bokstav. I det förlovade landet var ingenting "bara", ingenting var enkelt. Ekonomisk hjälp, det kunde man få, bidrag. Men man måste kunna läsa och skriva som en lärare i hemlandet för att få köra lastbil.

Och en sak hade Hussein lärt sig av sin far. Allmosor tar man inte emot. Släkten hjälper varandra tillfälligt, det är självklarheter, men en bra man reder sig själv. Han ska försörja sin fru, få många barn och barnbarn och se dem växa upp.

När han nyss fyllt tretton hade han fått det första erbjudandet bakom skolbyggnaden, där de coola kidsen hängde på rasterna. Dit kom regelbundet en kille i hoodie, med huvan uppe, som gick lite ryckigt och pratade snabbt med en ovanligt ljus röst. Hussein stirrade på honom. Tvåtusen för att förvara de där ynkliga påsarna med haschisch i skåpet? Femtusen till för att sälja det, bara på den här skolan? Tjejen i parallellklassen var med, hon stod lutad mot tegelväggen och skrattade åt hans uppsyn. Hon rökte det på helgerna, sa hon,

hon skulle köpa av honom, inga problem, och hennes kille, och hans polare.

Hur skulle han kunna stå emot? Han skakade på huvudet, backade och gick direkt till kvinnan i det lilla rummet.

"Fru speciell pedagog, hjälp mig!", sa Hussein. "Du måste hjälpa mig fixa betyg. Annars, jag kommer göra dumma saker." Pedagogen hade nog försökt, men det hade inte räckt, och hans tålamod hade tagit slut.

Det var några år sedan nu, och han har kommit en bit på vägen. Inte riktigt på det sättet som han först hade tänkt, förstås. Men han behöver inte gå i någon skola, det vet han nu. Snart har han råd med körlektionerna, och därefter kan han spara vidare till lastbilen. Han är arton, vuxen och kan klara sig på egen hand. Han kan se sig själv för sin inre syn, där han susar fram på de breda, svenska vägarna, med hög musik på och det gröna landskapet utanför bilen, de doftande gula åkrarna som han sett på skolutflykten till den där borgen. Han kommer alltid leverera det kunderna har beställt, i tid. Lyfta ut de stora tunga pallarna på starka armar, äta burgare på vägen hem. Till en egen lägenhet, där kusinen sitter i hans soffa och är stolt. Och visst sitter det en tjej där också?

Men han blev för ivrig. Nämnde Tomas vid namn för någon, glömde kalla honom "Isen". Pinsamt namn, som om han var en rapartist eller nåt. Men tydligen extremt viktigt. Och nu… Han hade markerat ordentligt, som han blivit tillsagd, och killen hade ju tydligen överlevt. Men det hade varit för hårt, för brutalt, det hade blivit ambulanstransport, polisen hade fått upp ögonen för det hela. Killen hade till och med hamnat på teve. Inte bra, alldeles för mycket uppmärksamhet.

Hussein tänker på dem ett ögonblick. Slagen, sparkarna. Det hade faktiskt varit svårt att komma igång men efter en liten stund hade det snarare varit svårt att sluta. Blodet hade skvätt över marken och väggen bakom men han hade blivit så fruktansvärt arg under tiden, som om det hade handlat om något annat. Någon annan. Och när han nästan gråtit hade han hört Tomas ljusa röst, som något spetsigt rätt in i örat.

"Stopp nu, för helvete!"

I bilen efteråt, i den silvriga Toyotan, "fulbilen", som Tomas kallar den, hade Tomas varit tyst, han själv stirrig. Därifrån hade han sett henne.

Systern, i den röda kappan. Och hon hade sett dem, känt igen dem. Det syntes på henne, hon stirrade rakt in i hans ansikte, med en granskande blick. Så ser människor ut när de vet saker. Och smart är hon, det har Jonathan berättat, hon minns allt. Är svensk och har inget brottsligt förflutet, inga hållhakar. Hon kan sätta dit dem.

Men Tomas blev inte alls glad för Husseins varning där i bilen.

"Ta på dig kepsen och solbrillorna, och sluta glo, för helvete", muttrade han bara.

"Du har skapat det här problemet. Nu får du lösa det. Jag tar hand om Jonathan, du får ta syrran. "

Så nu ska han göra det. Snyggt, utan spår. Hur långt det ska gå har han inte fått klart för sig. Isen ska inte kunna kopplas till något, och hon ska inte prata mer. Resten får Hussein tänka ut själv.

Men var fan *är* människan? Han fick fram adressen, med hjälp av en konstig nörd som Tomas skickat honom till, men där bor hon visst inte längre. Den dumma juggeblondinen som öppnade dörren till lägenheten, försökte visa honom på sin mobil var hon trodde att Jonna kunde vara. Men inte ens en telefon kunde hon hantera, tappade den i marken, hittade aldrig kartan och fipplade runt, som om hon var full.

Och hur många hus kan en skola finnas i egentligen? Han har varit på sex olika adresser som alla dykt upp i sökningen efter Komvux. Hon har inte synts till någonstans, och ingen han frågat har vetat något. Nu är han inne på fjärde dagen av efterforskningar, femte efter själva händelsen.

Sen kommer han på det: släkten, familjen. Var finns hennes närmaste? Kanske har hon någon att söka skydd hos? Pappan är visst död och mamman verkar bo med en annan kvinna i Stockholm, men nörden har hittat en adress där föräldrarna bott tidigare, troligen också Jonna och Jonathan. Där finns nu två andra personer registrerade: Niklas och Erika Myhr. De är nog knappast släkt men kanske vet de något?

Hussein har inget vapen än, bara kniv. Men den är vass och lång, han har sin rånarluva, sina starka armar och sin ambition.

Han tar på sig sin träningsoverall från Adidas. Nu ska han ge sig ut och lösa problemet han har skapat, göra Isen nöjd med honom igen, imponera, säkra sin ställning, bli hans närmsta man. Och han ska bli lastbilschaufför, skaffa sig ett bra liv. Det är det rätta, det har han lovat far.

Vissa saker får man offra, helt enkelt.

En passerande främling

Jonna står utanför Östra Sjukhusets intensivvårdsavdelning. Hon stirrar på sina händer ett ögonblick. På sjukhus frodas bakterier och virus, säkert behöver hon sanera sig grundligt. Ska hon gå tillbaka in? Sedan ser hon sig omkring, över asfalten, buskarna, de parkerade bilarna. Människor går förbi henne, en man i sina egna tankar, en medelålders kvinna i gröna sjukhuskläder, på väg in genom de automatiska dörrarna. Kvinnan lyfter vänligt blicken, nickar och ler. Men sedan stelnar leendet till i hennes ansikte och blicken fixeras uttryckslöst på Jonna, som genast ser bort och går därifrån, utan att vända sig om. Hon tar sig in på apoteket, försvinner in bakom en hylla med intimprodukter, låtsas ingående studera graviditetstest.

Varför hade kvinnan tittat så konstigt så på henne? Som om hon kände igen henne.

Efter några minuter verkar kusten vara klar, Jonna fäller upp regnjackans huva och beger sig hastigt ut, ner mot Pressbyrån och hållplatsen. Därifrån bort från folkströmmarna, ner för den smala trappan till bostadsområdet, in mellan blommande träd som doftar förvånansvärt sött och kraftigt.

Hon nuddar var sjunde lyktstolpe och det hjälper en aning. Händerna är fortfarande otvättade, befläckade, men just nu går det inte att åtgärda. Ingen får hitta henne, hon har lovat Jonathan. Hon måste försvinna.

Utan att tänka längre än så, fortsätter hon utefter de ljusa tegelhusen, på gångvägar och smågator, genom lekplatser och över slitna skolgårdar. Hon går igenom området med studentbostäderna, därifrån ner genom den lilla parken med de gröna kullarna, förbi sin gamla skola och mot gatan, där trästaket på murar vetter in mot stora villor, med sluttande trädgårdar mot skogen. Och plötsligt, återigen utan att riktigt veta hur det gått till, är hon tillbaka vid Päronhuset.

Morgonen därpå tar Jonna sig ut genom källardörren. Hon kan inte haspa på från utsidan men hon kan stänga till den med en sten så att den inte glider upp. Hon får bara hoppas att ingen märker det och fattar misstankar. Hon bevakar noggrant trädgården och grannarna, från platsen bakom klätterväxten, innan hon ger sig uppför slänten och ut genom öppningen i stängslet. Upp bakom sjukhemmet går hon, viker av åt vänster på gångvägen och följer den i en vid sväng genom den lilla parken med de böljande kullarna, vidare uppåt, förbi groddammen och därifrån in i friluftsområdet som övergår i vild urskog.

Hon vandrar långt, för att hålla sig varm och få tiden att gå, ända bort till den östra delen av Stora Delsjön, till Bertilssons stuga, den gamla kaffestugan som ligger där i viken, som en torpidyll från en helt annan tid. Röda träbyggnader med vita knutar, den största säkert mycket gammal men tillbyggd. Där ligger själva kaféet, och det verkar öppet, hon ser på avstånd någon öppna dörren och gå ut. Hon närmar sig sakta. Utanför ingången stannar hon, väntar.

Ska hon sätta sig här utanför någonstans? Men det är kallt, och nu blåser det också. Överkroppen är någotsånär varm ännu, men benen börjar tappa känsel. Runt henne är det som om buskarna rör sig. Fåglar, småkryp, överallt. Så länge hon gått snabbt, har det inte stört henne något särskilt, men nu har den kommit ikapp - naturen. Den tränger sig på.

Vid dörren står en figur av metall eller porslin föreställande en gumma som bär på en bricka. Runt den, några små krukväxter med fjolårets ljung, och en större terracottakruka med nyplanterade penséer. Jonna kikar försiktigt in genom fönstren. Det är ganska mörkt därinne men en brasa brinner i den öppna spisen. Ingen syns till. Någon borde ju jobba här. Kanske vågar hon ta risken, tänk ändå om ingen känner igen henne i halvmörkret? Och ifall någon skulle reagera, kan hon ju genast gå ut igen, försvinna bort utefter kröken där borta? Om hon bara kunde få sitta här en stund och värma sig, dricka lite vatten, använda deras toalett. Hon är också hungrig, det är snart lunchdags och hon har inte ätit något idag. Kan man tigga till sig en torr brödkant möjligen?

Hon går in. Det är nedsläckt, bara brasan brinner i spisen, och några levande ljus på borden. I hörnet längst bort kurar ett par, med ögon endast för varandra. Bakom disken sitter en tjej i hennes egen ålder med fötterna på en stol och mobilen framför sig. Håret är färgat, det ser lilaaktigt ut i ljuset från kandelabern bredvid.

Annars är det tomt på folk. Jonna börjar med att besöka toaletten och dricka sig otörstig på vattnet från kranen, sedan går hon tillbaka in i storstugan. Tjejen bakom disken reser sig när hon ser Jonna.

"Hej", säger hon. "Välkommen! Vi har lunchpriser nu, på pajerna och lasagnen. Våra berömda soppor har vi ju också, såklart." Jonna nickar dröjande.

"Eller kanske bara lite fika?"

Jonna harklar sig.

"Ja alltså, man kan säga att jag inte riktigt är i fas. Alltså min…ekonomi."

"Vi tar ju swish också."

"Okej." Jonna nickar och vänder om för att gå.

"Men…kanske kan jag få bjuda på en kopp kaffe? Det är så himla tråkigt här idag." Tjejen skrattar så att den lila luggen guppar. "Mobilen håller på att dö också, och jag har ingen laddare med." Hon himlar med ögonen. "Forest life."

Snart har Jonna både fått varmt kaffe och två upptinade lussekatter från frysen. Paret har avlägsnat sig. Tjejen, som heter Evin, pratar på utan att Jonna behöver fråga henne något, och verkar inte heller tycka att det är anmärkningsvärt att hon får så kortfattade svar. Hon har nedbitna naglar, fotograferar på fritiden, har ett misslyckat förhållande bakom sig och gör sitt bästa för att sysselsätta sig med annat. Till exempel att gå i kognitiv beteendeterapi för sin spindelfobi. Jonna lyssnar intresserat till hur Evin steg för steg kunnat låta de små rackarna komma allt närmare för att, till slut, tolerera att ha dem klättrandes på armen, med vilopuls.

Efter över två timmar kommer ett sällskap med nya gäster och Jonna måste gå.

"Jag jobbar varje dag nu ett tag", säger Evin", innan hon vänder sig till gästerna. "Du kan väl komma tillbaka?" Sedan, tystare: "Jag sparar fika till dig."

De närmaste dagarna koncentrerar sig Jonna på några få, konkreta mål.

Att få äta sig mätt åtminstone en gång om dagen. Helst på kvällen, det är så svårt att somna hungrig. Att ta sig in och ut ur Päronhuset osedd, och kunna tillbringa natten där, i tvättstugan. Och att lära sig göra sina behov i naturen. För att alls kunna klara detta, utan att samtidigt vilja skrika, och det är svårt att kissa och skrika samtidigt, behöver hon komma över sina värsta rädslor. Hon kan inte ständigt fokusera på att okända, mikroskopiska varelser ska attackera henne underifrån.

Under fredagen hittar hon en myrstack och tänker på Evin. Hon klarade det ju. Så Jonna tvingar sig själv att sätta sig på huk bredvid stacken och stirra på de kryllande djuren tills hon inte längre längtar lika starkt efter att se bort. Upp på hennes arm får de dock inte traska, där går gränsen. Och när de börjar krypa upp på kängorna måste hon hoppa upp och ner och räkna till sju, sju gånger.

På hemvägen får hon en ny chans, då pyttesmå grodor är på väg till tjärnen över elljusspåret. Så länge de är tre, fyra stycken går det riktigt bra. Men när hela kopplet med smågrodor sätter iväg efter dem, måste hon hålla andan, se upp mot himlen och gå förbi dem, på vänster sida, medan hon stryker med vänsterhanden över trädstammarna.

Femsekundersregeln, den har hon hört andra prata om, att man kan äta något som legat på marken i fem sekunder. Antagligen måste man klara detta, för att överleva i skogen om ett slags övergångsrit. Hur gjorde man förr i tiden? Var det inte ruttet så åt man väl upp det? Eller också gjorde man det oavsett. Naturfolken, vilken regel kan gälla för dem, tro? Femdagarsregeln?

Hon tar moroten som hon fått med sig från matkällaren på morgonen, biter av en liten del av den, och släpper den på stigen, väntar fem sekunder och tar upp den igen. På sjunde försöket lyckas hon få in den i munnen, och det är den sista morotsbiten. Och då har den legat på marken i sammanlagt trettiofem sekunder. Hon håller för näsan och tuggar, sväljer bort kräkreflexen. Känner hur bakterierna invaderar hennes kropp. Men hon blir inte sjuk.

Långsamt blir hon vän med dem: träden, marken, sjöarna. Tar in dofterna som kommer i stråk från vattenväxter, granskott, regnvåt jord och solvarma fjolårslöv. Håller handen mot den skrovliga barken, lär sig skillnaden mellan ekens djupa räfflor och tallens flammiga, rödbruna upphöjningar, som höjdkurvor på en karta. Känner hur barrbeströdd mark mjukt sviktar under fötterna och låter blicken rulla över klipporna där de klättrar runt vattnet. Lär sig var mossor och lavar oändligt långsamt letar sig fram. Står öga mot öga med rådjur, duckar för stora sjöfåglar och anar fiskstim i vassen vid bryggan.

Himlen. Har hon någonsin verkligen lagt märke till himlen? Molnens mörka bottnar och bulliga, solbelysta toppar, ständigt drivande i sina uråldriga luftströmmar.

Och våren, den kryper på, i samma takt som hon hinner följa den, i saftigt gräs, blommande buskage och knoppande fruktträd, i de enorma kastanjernas nya löv, som ljusgröna små palmer.

Hon hittar vindskydd med tak där hon kan kura när det regnar och blåser som värst. Ibland har en familj grillat korv och glömt kvar något ätbart, och en glöd i grillen att värma sig vid.

Hon ska inte bli igenkänd där hon rör sig, helst inte av någon alls, hon ska vara en vem som helst, en passerande främling.

Du måste hålla dig undan alla, polisen också. Om du går att hitta, kommer Tomas hitta dig. Och polisen är naiva, de fattar inte vad han är kapabel till.

Hon måste lita på Jonathan, han kan den där världen. Tyvärr gör han det. Så hon gör en sport av att varje dag klä sig som olika personer. Hon tänker sig att hon ska upp på scen, som på gymnasiet. Minns hur hon förberett sig genom att tänka sig en livshistoria kring sin karaktär, ett uttryck, en gångstil, ett stämningsläge. Sporttjejen, Hiphopkillen och Lilla Krumma Tanten är lätta att fixa med den utrustning hon har tillgång till. Det finns en uppsjö av olika bylsiga ytterplagg, jeans, strumpbyxor, mössor, kepsar och halsdukar att välja på. De flesta ligger i säckar eller påsar lite varstans i källaren, rena men ovikta, som om de ska skänkas vidare men aldrig kommer utanför dörren. En svartlockig, långhårig peruk ligger i en säck tillsammans med utklädningskläder till barn. Gummistövlar och ryggsäckar verkar användas ibland, så dem är hon noga med att ställa tillbaka där hon funnit dem. I det här hemmet verkar dock ingen vara det minsta förvånad över att saker plötsligt inte är kvar där man har tänkt sig.

En dag bestämmer hon sig för att försöka göra sig av med de mest energikrävande tvången. Fixeringen vid vänster del av kroppen, att vänster fot alltid måste ta första steget, vänsterhanden lyftas först. Sedan kravet på liksidighet, att båda sidor, båda händer, båda ben, måste utföra samma rörelse, nackmusklerna stretchas åt båda håll.

Letandet efter mönster och symmetrier, att den här linjen och den där måste korsas på ett visst sätt, eller löpa perfekt parallellt, innan hon kan se bort, gå vidare. Skön och lugnande ritual men oerhört tidskrävande, och fortplantar sig alldeles för snabbt, sprider sig som en löpeld. Att tvingas röra vid saker med vänster hand, för att neutralisera dem, så att de inte längre är laddade med ondska. Det är egentligen fortfarande möjligt, det är bara att sträcka ut handen. Men det tvånget krockar alltid med ett annat: bacillskräcken, vilket leder till ännu fler ritualer. Och att nudda var sjunde trädstam är också mycket mer komplext än att göra detsamma med stolpar. Det är nästan omöjligt att veta vilka träd som ska räknas, de allra närmast stigen, eller även de precis bakom? Man tappar snabbt räkningen. För att inte tala om själva räknandet och alla de små ramsorna hon samtidigt måste läsa för sig själv, så tyst att det nästan inte hörs. Allt detta samtidigt, det är för fan ett heldagsjobb! Det har fått tillåtas att växa och breda ut sig, alltihop, under de månader hon varit ensam hemma. Men hon hinner inte med det nu, det måste vika undan, ge plats för annat. Det hon varit rädd för måste ge plats för det som faktiskt är livsfarligt. Både hon och hennes bror kan när som helst bli knivhuggna av en instabil knarklangare, och här springer hon runt i skogen och är rädd för baciller, för sina egna tankar? Det är ju helt sjukt! Hoten behöver helt klart omprioriteras.

Jonna sätter sig på en sten vid vattnet och vägrar lyda tvången. Vågen börjar genast bölja genom kroppen. Den rastlösa ilningen efter att grotta in sig, fastna, låsa sig i samma, samma, här och nu, den här detaljen, om och om och om igen, tills den sväller upp och fyller hela världen, stänger allt annat ute. Det gnagande, svidande begäret, efter att skydda sig, försäkra sig, bara utifall att, man vet ju aldrig.

Men det hjälper ju inte. Hon känner sig ändå aldrig någonsin säker. Tvivlet har ärgat fast.

Så den här gången stannar hon kvar, sitter där på stenen, andas igenom det, blir stilla och håller sig öppen, hör ljuden omkring sig, känner dofterna och granitens struktur under händerna. Sekunderna går, långsamt, plågsamt. Det är som att behöva nysa men inte tillåta sig.

Så, gradvis, blir impulsen svagare, ihåligare, mer tom på känsla och mening.

Och världen kommer tillbaka. Som när en ambulans passerar, där sirenen alltmer tonar bort i fjärran, för att sedan bli så tunn att man undrar om man hört rätt, eller om det är hjärnans eko som upprepar sig. Och man sitter kvar där i tystnaden, för att sedan yrvaket ruska på sig och återgå till livet som pågick.

Märkligt nog börjar de värsta tvången faktiskt att släppa, lättare än hon kunnat föreställa sig, och ju mer hon ignorerar tankarna, vägrar lyda dem, desto mer kraftlösa blir de. De försöker ibland, desperat, genom att göra sig själva ännu galnare:

Om du inte tvättar dig nu kommer du att växa fast i skogen, förvandlas till mossa och sten! Du blir ett troll!
Om du inte väntar tills de där två linjerna möts splittras universum!

Om du inte stretchar nacken åt vänster, kommer högersidan av kroppen bli så stel att din gravitation ökar exponentiellt, drar till sig hela Östra sjukhuset och Jonathan krossas!

Men komiken gör det hela ännu mer absurt, och ger dålig publicitet till hela paketet med tvång. Det kan faktiskt inte vara sant. Inte ett skit av det. Hon börjar på allvar genomskåda tvångstankarna. Äntligen.

När de klingar av, saknar hon tryggheten i de välbekanta, upprepade handlingarna, tystnaden efter dem är som en fantomsmärta, ett kliande myggbett man inte kommer åt. Men det går att leva med.

De vanliga ritualerna, städning, tvätt och organiserande av småsaker, blir det inte heller mycket med. Till några saknas materialet, andra kan hon inte genomföra av risk för att bli upptäckt. Hon är helt enkelt inte i position att kunna kontrollera särskilt mycket och det är så övertydligt att kontrollbeteenden faller platt.

So, you want control? Well, good luck, sucker!

Räknande och kontrollerande av tid hänger med, men de pågår liksom parallellt med andra tankar, stör och oroar inte nämnvärt. Tvivlet, vemodet och de ständiga associationerna räknar hon också med att få behålla.

Sent på kvällen, när alla fönster slocknat, tar hon sig in genom källardörren, bryter upp en matkonserv med armékniven, det har hon lärt sig nu, tvättar sig hastigt i zinken, gömmer sig i tvätthögen och sover några timmar, ibland tungt, ibland med livliga drömmar. Under morgontimmarna besväras hon ofta av det knöliga underlaget, där dynorna hon hittat och använder som madrass, glidit isär och blottat det hårda kaklet. Men hon lyckas skrapa ihop tillräckligt med sömn, tills ljuset når in bakom hennes lakansgardin. Under en kort, mycket stillsam stund på morgonen, hennes favoritstund på dygnet, klappar hon katten, medan den väntar på att familjen ska vakna och ge den frukost. Därefter väntar hon själv på att alla ska lämna huset.

När hon hör de flesta rösterna på avstånd genom gallret i skorstensstocken, kan Jonna utgå ifrån att alla familjemedlemmar är på plats för frukosten. Då kan hon tråckla sig in och krypa ihop bakom den öppna tvättstugedörren och lyssna på deras samtal därifrån. Skorstenskanalen löper hela vägen från källaren, genom öppna spisen i vardagsrummet, och ut i skorstenen på taket. Håller man örat alldeles intill gallret kan man uppfatta en hel del av som sägs på entréplanet. Hon lyssnar noga, memorerar, för att göra sig en bild av familjens planer och av vad hon kan förvänta sig under dagen. På köpet får hon även veta en hel del om vad de tjafsar om, skrattar åt och har drömt om på natten. För varje dag framträder de allt tydligare, hennes ofrivilliga, ovetande värdar.

När alla lämnat huset på morgonen, vilket hon kan kontrollera genom fönstret till tvättstugan, eftersom hon lärt sig känna igen deras fötter, väntar hon ytterligare ett litet tag. Sedan smyger hon upp på entréplanet genom att för säkerhets skull undvika de knarrande trappstegen, det andra, sjätte och elfte. Där, i köket, hittar hon lite frukost och något mer att ta med till matsäck under dagen, ofta lite frukt och något överblivet ur kylen, som en pannkaka eller en pannbiff, som hon lägger inrullad i hushållspapper i en liten plastpåse.

Att mat försvinner verkar inte vara något nytt eller särskilt upprörande i det här hemmet. Däremot har hon börjat få dåligt samvete för att hon tar utan att ersätta med något annat. Den här familjen har inte förtjänat att någon parasiterar på dem på det här sättet. Kanske skulle hon kunna hjälpa till med något, som inte ger upphov till misstanke men ändå bidrar på något sätt? Panta flaskor och lägga mynten någonstans? För uppenbart. Stjäla ravioliburkar på Ica och ställa dem i hyllan? Då får ju affären problem, om hon ens kommer undan med det. Och hon ska inte synas i sådana sammanhang.

Städa någonstans? Föräldrarna Niklas och Erika verkar inte gräla så värst mycket, mindre än Jonna trodde var möjligt i en familj. Men de tjafsar faktiskt en del om just städning, som ingen av dem verkar hinna, orka eller ens vara särskilt bra på. Storebror Zack passar ofta Bianca, en ganska tystlåten men ständigt utforskande ettåring, och han tycks även ha rätt fullt upp med skolan, som han tar på stort allvar. Mellanpojken Max är svår att få någon tydlig bild av, öppnar han munnen för någon längre utläggning så gäller den något av hans TV-spel eller vetenskapliga fakta. Mest är han på sitt rum. Den temperamentsfulla Cornelia har föräldrarna fullt upp med att få till att göra sina läxor, vilket hon avskyr, och allmänt hålla på ett någotsånär lugnt och trevligt humör. Gemensamt har de alla att de sällan eller aldrig städar allmänna utrymmen.

Skulle lite hemlig städhjälp vara en idé? Ingenting övertydligt, bara fixa till lite renare ytor under alla prylar och kläder. Ingen skulle veta vem som ligger bakom. Kanske skulle trötta mamma Erika tänka: "nej, men, det var visst inte så smutsigt här som jag hade för mig, vad skönt", och kunna lägga upp fötterna en stund.

Så hon gör det en dag. Det är den första lördagen, när familjen rest bort över dagen. Hon har hört dem planera det, och hon har sett genom källarfönstret hur de åkt iväg, så hon vet att det är säkert. Däremot vet hon inte hur länge de blir borta, eller om någon av dem kommer hem i förväg, så hon vill ändå skynda sig.

Jonna lyfter på påsarna med återvinning i köket och torkar golvet under dem, samma med diskbänken och på köksfläkten, golvet i hallen under alla drösar med skor. Placerar allt ungefär som det var och känner sig nöjd med sig själv. En familj som har så dålig koll, kommer inte att bli misstänksam. Bara lite glad.

Efter det njuter hon av ensamheten i huset. Kostar på sig en lite grundligare tvätt, men håller sig i källaren, har burit ner förpackningen med pärontvål till tvättstugan och själv ersatt den med en ny likadan, som hon hittat i städskåpet. Trots att hon är ensam, vågar hon inte röra sig på entréplanet mer än som allra hastigast, och vill helst inte befinna sig på andra våningen alls, då flyktvägarna därifrån är klart avskurna.

Det känns också egendomligt att vara där uppe. Rummen har inte förändrats så mycket, och hon minns för mycket.

Att få duscha hade varit underbart. Men den enda duschen finns i badkaret på andra våningen, längst in, längst bort, helt utan möjlighet att osedd ta sig ut, och skvalandet skulle kunna döva henne för varningar.

På söndagsmorgonen är det en hel vecka sedan hon tvättade håret och det hår som ska föreställa lugg slingrar sig i en fet, bångstyrig orm. Så hon tvättar även håret i zinken med pärontvålen och njuter av den kittlande känslan i hårbottnen. Medan håret torkar, skrubbar hon noggrant sina underkläder för hand med doftande tvättmedel och hänger dem dolda bakom annan tvätt på ställningarna, närmast väggen.

Kanske är det inte nödvändigt att alls lämna huset under hela dagen? Säkert hinner hon gömma sig om hon hör dem komma. Istället hämtar hon ner en bunt reklamutskick och tidskrifter från återvinningskassen i köket, öppnar en ravioliburk och bäddar ner sig under ett nytvättat täcke. Det är varmt och stilla, knäpper försiktigt i hennes hus, viner någon gång i skorstenen.

Folkuniversitetet lockar med nya kurser. Brygg din egen äpplemust. Digital fotografering för föräldralediga. Spännande värre. Tidskriften är blank, bilderna färgglada. Hon betraktar sina händer, som håller, stryker över sidan. Unga, starka händer. Och det märkliga sker.

En kort, svindlande sekund, är hon lycklig.

Ingenting fattas henne. Allt är upp och ner, hon vet ingenting om vad som kommer. Men nu är hon här. Nu finns allt detta. Nu är det nu.

Men då hörs det svaga men välbekanta ljudet av röster och steg på trappan utanför. Jonna dyker genast in under täcket. Strax efteråt öppnas källardörren utifrån och någon ställer in något i närheten av cyklarna, och går sedan uppför källartrappan.

När källaren är tom reser hon sig och placerar sig istället bakom dörren vid skorstensstocken. Hon vill få veta något om deras planer inför den kommande veckan. Och, ja, okej då, hon vill höra deras röster.

Då hör hon genom gallret hur Erika anklagar ett par av barnen, förmodligen Zack och Max, för att ha glömt haspa på i källaren. Dörren har stått olåst till och från i flera dagar och fortsätter det på det sättet kommer de behöva ta dit en låssmed, hon och pappa, och sätta in ett riktigt lås, och det får tas från semesterkassan.

Det avgör saken. Jonna måste lista ut ett annat sätt att lämna huset på morgnarna. Det finns två dörrar på entréplanet: huvudentrén mot gatan och köksingången som vetter mot grannens garage. Det kommer bli svårare att hitta ett läge att smita ut, och dessutom låsa efter sig, osedd av grannarna. Dessutom måste hon hitta en nyckel. Men hon har ju inget val.

Även söndagen har de alla, som tur är, gett sig iväg hemifrån. Cornelia har fotbollsmatch som alla ska titta på, förutom Zack. Han ska till en kompis, en som Max retsamt kallar "flickvän". Så på förmiddagen smyger Jonna upp på entréplanet.

Där, på byrån i hallen, hittar hon en vit, rektangulär korg med diverse småplock i: gem, mynt i olika valutor, solglasögon, små plastfigurer, delar till leksaker, halvt uppbrända värmeljus, udda skruvar och en del damm i botten. Och faktiskt: i dammet, ligger även ett antal nycklar i olika storlekar, varav fyra har ungefär rätt storlek. Hon känner inte igen någon av dem, de har bytt lås i huset sedan hon bodde här. Alltså måste hon prova dem, en efter en. Visserligen hade hon kunnat stå på trappan bakom dörren utan att bli sedd från gatan, men någon granne hade kunnat reagera på att en ytterdörr stod vidöppen mitt på förmiddagen, när det inte heller var väder för det. Istället väljer hon att stå innanför dörren och slingra ut sin arm genom en öppning på några centimeter, medan hon försöker pricka låset med nyckeln, samtidigt som hon spejar åt alla håll, ut genom glipan mot gatan, och genom det lilla fönstret i dörren mot grannens garage, där ingen lyckligtvis verkar vara hemma.

Och äntligen passar en nyckel. En rätt lång en med blå plast runt huvudets kant och många taggar. Den kärvar lite, kanske är det därför den har blivit bortvald, men om hon vickar ett par gånger extra så går den runt.

Därefter börjar hon förbereda sig för dagens stora utmaning. Hon tar på sig den svarta peruken med en virkad mössa ovanpå, som hon hittar i källaren, tillsammans med en oformlig linneklänning och en kofta i liknande stil. Sedan sminkar hon sig, för första gången på länge, med mascaran och det röda läppstiftet som legat i handväskan. Hon packar en matsäck bestående av en flaska vatten, några köttbullar och lite fjärilspasta från en plastlåda i kylen, samt ett rynkigt äpple. Ett ögonblick står hon obeslutsam i hallen. Källardörren är haspad, hennes tillhörigheter väl dolda. Hon repeterar sin karaktär framför hallspegeln - brytningen, handföringen. Det kan åtminstone lura den inte helt uppmärksamme. Nu återstår bara lite tur, som exempelvis att karaktärens verkliga förlaga inte kommer att befinna sig på samma plats, vid samma tid, för då kan det definitivt bli problem.

Jonna ser försiktigt ut genom fönstren, väntar på att någon på gatan ska försvinna ur synfältet. Därefter öppnar hon dörren, stänger den snabbt och låser. Tre snabba vickningar krävs, sedan lyckas det. Hon går nerför trappan, så naturligt som möjligt. Låtsas kolla att allt är med i handväskan. Låtsas att hon hälsat på. Eller, ännu hellre, bor här.

Som hon önskar att hon bodde här.

Jazzande solfjädrar

På söndagen kan Jonathan sitta upp i sängen, och har varit på toaletten. Han är trött men har fått tillbaka aptiten, har ätit både soppa och lite vanlig mat. I spegeln ser han fortfarande ganska överjävlig ut, men är mindre svullen i munnen och kan prata bättre. Huvudet och magen gör inte lika ont, medan det svider en del i ansiktet. Bröstkorgen och magen värker kraftigt så fort han rör sig.

En äldre polistjänsteman, Lennart Johansson och en yngre kvinnlig vid namn Habibe Al-Abs, besöker honom under eftermiddagen. Johansson ber honom identifiera gärningsmannen bland en samling bilder på en ipad. Den som misshandlat honom finns inte med, men Isen är där, på ett foto där han ser mycket ung ut. Kanske är han faktiskt nästan lika ung fortfarande, Jonathan har inte tänkt på det, och aldrig frågat.

Han berättar vad han minns om misshandeln, och sedan vill Johansson veta mer om deras gemensamma förehavanden. Efter en kort stunds tvekan kommer det ur honom, alltihop, lite i taget. Det känns på sätt och vis väldigt skönt och ingen av de bägge poliserna höjer ens på ögonbrynen, de nickar bara, ställer följdfrågor och Habibe Al-Abs antecknar.

"Vet du var han som kallas Isen befinner sig nu?" undrar Johansson. "Det vill säga Tomas Berglund? Vi har en uppgift på adress i Västra Frölunda som vi haft bevakning på men han är inte där. Du känner inte till någon alternativ bostad? Eller någon annan lokal?"

"Har ni kollat Sisjön? De har haft en lokal i industriområdet där."

De nickar.

"Ja, det är tömt. Tyvärr."

"Ni kan prata med Ted, kanske? Stanovic. Han sitter väl inne fortfarande, men han har lagt ner så vitt jag vet. Kanske vågar han berätta nåt. Annars har ju Tomas alltid varit noga med sin integritet, om man säger så."

"Och Tomas kör fortfarande solo? Inga direkta kopplingar till de större gängen? Södra eller norra Biskop till exempel?"

"Inte vad jag vet. Han håller sig undan alla. Har leverans från en kille i Spanien, nån kontakt i Polen. Jag har inga namn där tyvärr."

"Okej, tack, jag tror vi har ett litet hum där. Men det är en sak som förbryllar mig. Hur kan gängledarna tolerera honom? Konkurrensen? Har du hört talas om det?"

"Jo, Laszlo har snackat lite. Ingen av dom andra vill jobba med Tomas. Han är jävligt oberäknelig och vill bossa, kan inte ta order, svårt att samarbeta. Man får följa honom, och det vill ju inte dom. Men han håller sig till den här nya grejen, 'V' alltså."

"Venoxin? Är det den du menar? Den nya partydrogen?"

"Ja, precis, det är den enda vi säljer nu."

"Aha. Och de andra har inte snappat upp den än?" Johansson ser nästan imponerad ut.

"Nej, det verkar ju inte så. De kanske tror att det är en hype just nu bara, att det ska blåsa över. Men folk är som galna efter

V, på klubbar och rejv, han får hur mycket jobb som helst. Till och med hemmafester nu."

"Hm...intressant." Habibe flikar in. "Men om vi kniper Tomas, vad tror du om din hotbild då? Jag menar, finns det andra som har krokar i dig?"

Jonathan släpper ner sina axlar och tar ett så djupt andetag att det smärtar till i bröstkorgen. Det känns som om han hållit andan i en evighet.

"Nej, jag jobbar bara för han. Tar ni han så är det nog lugnt."

"Vet ni vad jag kan få för det här?" frågar han sen och ser skamset upp på Johansson, som rycker på axlarna.

"Ja, du. Du är ung och det låter ju inte som de grövsta narkotikabrotten, det du gjort dig skyldig till. Förhoppningsvis får du lite strafflindring för det du har hjälpt oss med nu. Men det får bli förundersökning först, vet du."

Jonathan nickar.

"Så länge Tomas går fri sitter jag faktiskt hellre inne", säger han. Sedan blir Jonathan ivrig.

"Min syster, Jonna." Han spänner ögonen i Lennart Johansson. "När hon blir hittad...*om* hon blir hittad, då måste hon ha skydd. Dygnet runt."

"Ja, precis, din syster", säger Al-Abs och kisar lite mot honom. "Det var nästa punkt vi tänkte komma till. Vet du var hon kan hålla hus?"

"Nej, jag har inte den blekaste. Hon var här nån dag, i onsdags måste det ha varit. Men då var jag lite...borta typ. Sen gick hon och sa inte vart hon skulle. Jag har sagt till henne att hålla sig undan, så det gör hon, hoppas jag. Om hon nu är okej fortfarande. Jag är helt ärligt glad att ni inte har hittat henne än. Tomas skulle kunna leta reda på henne var som helst. Han är som en robot, en jävla missil. Och blir han tillräckligt skraj...då dödar han."

Lennart Johansson ser hastigt upp och svarar inte genast.

"Dödar, säger du? Han har aldrig varit misstänkt för något sådant. Narkotika vet vi. Och han har figurerat i lite hot och inbrott också, men inte mer. Vet du att han har dödat?"

"Ja, det vet jag."

"Har du bevittnat det själv?"

"Nej alltså...inte så."

"Men han har berättat det för dig?"

"Men nej, det är ju inte så att han säger: 'nu har jag mördat nån här, bara så ni vet', det är väl klart. Det är inte så det går till."

"Nä", säger Johansson, lite trött. "Hur går det till då?"

"Ja, det kan vara så att nån hotar att tjalla eller så. Och så får Tomas en...särskild blick, liksom."

"En blick?"

"Ja. En blick. Hans specialitet. 'Fisken' kallade vi den, jag och Ted. 'Han gjorde Fisken', sa vi." Jonathan höjer ögonbrynen och gör citationstecken i luften. "Då visste den andre. Och sen då, sen brukar han säga nåt om att det ordnar sig. Att han fixar det. Eller också säger han till nån annan att de får lösa det. Ofta har han nån ung kille från orten med sig, gissar att han använder dem så ofta det går, så han slipper göra fuljobbet själv. Sen, efter några dagar, är problemet borta, och den snubben som det varit problem med, han ser man inte mer."

Poliserna ser kort på varandra.

"Det är ofta andra killar som gör jobbet, säger du?" fortsätter Johansson. "Det var det i måndags, berättade du för oss. Men honom har du inte sett förut?"

"Nej. Det är nog nån ny...lärling. Ärligt, jag vet faktiskt inte riktigt vem som brukar göra vad. Det blir gjort, han är hjärnan, och han sköter det snyggt."

"Har han bett dig om sådana tjänster nån gång?"

"Nej. Han vet att jag inte kan. Jag gillar inte att slåss ens."

"Jag förstår." Habibe Al-Abs tar över.

"Och nu menar du alltså att även din syster lever under akut dödshot från Tomas Berglund?"

"Hundra procent."

"Hm. Och det gäller då även dig själv?"

"Ja, absolut. Det här var ju menat som en varning. Jag hade redan fått fram pengarna. Och helt ärligt, tiotusen är ingenting. Hade han velat döda mig från start, då så hade jag inte legat här, utan på bårhuset. Han vet att jag vill sluta och det här var en markering, att jag är hans. Men...markeringen blev väl lite för hård, hans kille tappade säkert kontrollen. Nu blev det offentligt och Tomas fattar att jag kan snacka, och då är jag rätt rökt. Jag tror han vill undanröja oss båda två, för säkerhets skull. Och han är ännu mer nojig än vanligt nu. Han brukar hålla sig ren men nu vet jag inte, jag känner inte riktigt igen han. Det är därför jag är så rädd."

"Men jag undrar", säger Al-Abs, "vad har Jonna gjort? Är hon också inblandad?"

"Nej, absolut inte, men han är väl rädd att hon sett nåt. Hon har lånat mig pengar, och hon var ju där strax innan... Kanske hände det nåt efteråt som hon inte berättar för mig."

Han trycker händerna mot ansiktet.

"Fan...aj!"

Den kvinnliga polistjänstemannen lägger en hand på hans axel.

"Jag är en jävla idiot. Allt det här är mitt fel. Det är alltid jag som drar in henne i grejer och så får hon rycka ut som en morsa till ett jävla problembarn."

De sitter tysta under en kort stund.

"Är du själv ren nu? Var det längesen du hade nåt i kroppen?"

Han skakar på huvudet.

"Jag har tagit lite själv, V alltså. Några gånger. Eller...oftare på sista tiden, om jag ska va ärlig. Det är jobbigt med det här tempot, det hjälper lite att ta det. Men inte i längden, antar jag."

"Längesen sist?"

"Några dagar sen. Söndags, kanske."

"Har du tänt av?"

"Känns så. Antagligen medan jag var medvetslös."

"Vad passande! Du kan ju passa på att lägga av nu då? Det kan ha sina goda sidor med en sjukhusvistelse, vet du. Ett tips i all välmening bara." Hon ler och klappar honom uppmuntrande på samma axel.

"Vi ska i alla fall göra allt vi kan för att stoppa den här busen. Det ordnar sig nog till slut, ska du se."

De båda polistjänstemännen utbyter ett snabbt ögonkast.

"Jaha", säger Lennart Johansson med ett faderligt leende. Då får vi tacka så mycket för detta. Vi skulle nog vilja höra lite mer om det du berättade för oss nu senast, vid tillfälle. Men vi kanske kan få återkomma om det?"

Jonathan nickar igen.

"Jag ska se till att vi sätter in bevakning här utanför din dörr, för säkerhets skull. Vi kan börja med sjuttiotvå timmar. De löser av varandra i treskift, ifall du ser några olika personer. Men bara dina närmaste ska få komma in. Känns det bättre?"

"Ja. Tack.

"Fint. Då kommer vi tillbaka när du mår bättre, så får du lite mer info om vad som händer härnäst. Gå ingenstans!"

Lennart Johansson skrattar torrt, får en knuff i sidan av Al-Abs och de lämnar Jonathan, ensam. I sin sjukhusskjorta, med sin vånda, och sin nu återigen ganska ömma käft.

Men just när han lagt ner huvudet på kudden, sticker en sköterska in huvudet.

"Du har besök", säger hon. "Din tjej!"

Diana? Men hon skulle ju inte kunna komma idag, hon jobbar ju sent och skulle inte få barnvakt?

Fast nu dansar hon in i rummet, med sitt stora, svarta hår, slår ut med armarna, med händerna runt sig som jazzande solfjädrar, som när hon är på sitt allra bästa partyhumör.

"Mi amor! Jag har *hyndat* mig till dig! Är du så glad att se mig?"

Jonathan stirrar.

"Men du...eh, va? " Han sänker rösten till en viskning.
"Jonna?"

Hon stänger dörren om dem och skuttar skrattande fram och kramar om honom tills han stönar till av smärta i bröstet.

"Åh, sorry! Men visst var det bra? Du gick nästan på det, erkänn?"

"Men du får inte vara här, tänk om någon ser dig?"

"Ingen fara, de köpte det, allihop. Jag sa att vi kanske ville vara lite ostörda, och det hade de full förståelse för."

Han betraktar henne beundrande.

"Du borde verkligen plocka upp teatern igen." Sedan tar han hennes hand.

"Fan, vilken tur att du är okej! Vart har du tagit vägen egentligen?"

"Det vill jag tyvärr inte tala om. Inte ens för dig. Mår du bättre?"

"Jo, det går åt rätt håll. Läkaren är nöjd, inga komplikationer, alla blödningar har stannat upp. Hjärnan funkar. Eller ja, inte sämre än vanligt i alla fall. Hon tror att jag kan bli utskriven i början av nästa vecka."

Jonna nickar så att peruken halkar på sned och hon måste justera den, men sedan blir hon allvarlig.

"Men du. Du kan ju inte bli utskriven nu. Det är en dålig idé."

"Nej, jag vet." Han suckar.

"Kan du inte spela lite sjukare än du är? Så du får stanna här lite längre?"

"Ja alltså, det är väl lite svårt att framkalla inre blödningar. Men visst, jag kan ju överdriva smärtan lite."

"Polisen var ju här, jag såg dem, väntade tills de hade gått. Kan du få nåt skydd av dem? Alltså efter att du har blivit utskriven också?"

"Jag vet faktiskt inte hur mycket de tror på det där med...med dödshotet. De frågade lite om vad jag själv hade tagit. De tror kanske att jag överdriver. Och du ligger nog lika risigt till som jag. Du måste hålla dig borta, från alla. Lova mig? Åh, Jonna, jag är så dum i huvet…"

Men hon lutar sig fram, håller honom försiktigt intill sig och stryker honom över kinden, om och om igen.

"Du ska inte vara orolig." Hon tar hans huvud mellan sina händer, ser honom i ögonen.

"Hör du det? Jag ska fixa det här." Han snörvlar.

"Hur då?"

"Det får vi se. Men det ska jag. Såhär kan vi ju inte ha det."

"Han är livsfarlig, Jonna. Gör inget dumt nu, lova mig! Inget du inte har tänkt igenom."

"Gör jag nånsin det?" De skrattar lite och han drar i hennes perukhår.

"Nej, du gör väl inte det. Men jesus, vad du ser ut."

"Jag vet. It's the new me. Men nu vill jag höra."

"Vad?"

"Berätta allt du vet om den här dåren. Vad han nu heter, psykopaten. Allt du vet, varenda detalj."

En stund senare går en svarthårig chilenska med röda läppar och bestämda steg genom sjukhusområdet. En ung man vänder sig om och visslar efter henne, men hon tar ingen notis om detta.

Hon har saker att ta itu med.

Lätta fötter

Jonathan är liten och han är alldeles för nära vattnet, som böjer sig upp i onaturliga, stela vågor, upp mot strandpromenaden, där hon står. Det betyder att en tsunami är på väg. Och var är mamma och pappa? Hon ser sig omkring men såklart är de inte där. Pappa är ju sjuk, just det ja, redan nu är han faktiskt väldigt dålig, och mamma har sprungit bort och ingen vet vart. Det finns bara främmande människor överallt, och de spatserar semesteravspänt, ovetande om vad som håller på att hända. Lille Jonathan har bara små mjuka, urtvättade kalsonger på sig, vänder sig om och ropar efter henne. *Nonna*, ropar han, *kom!* Men det är folk i vägen, de knuffas och trängs och hon tappar bort honom. En sekund ser hon hans fladdrande ljusa lugg, sedan är den återigen borta. Hon trycker hårt med armbågarna i sidan på alla människor, de är i vägen, de kommer emellan henne och hennes bror och hon avskyr dem för det. Hon måste till Jonathan, hon måste rädda honom från vattnet, det är det enda som betyder något, men snart växer vågen upp till en fallande vägg som kommer att krossa honom. Och fötterna halkar i någon sorts lera, benen är plötsligt tunga som bly och hon kommer ingen vart, vågen reser sig ytterligare, vänder sig ned över dem och skymmer solljuset. Hon vet nu att det är för sent, ser hans ögon, fyllda av skräck. Hon skulle klara detta ensam, men det gjorde hon inte. Och vattnet faller.

Men hon känner ingen väta. Det hon känner är torrt och mjukt. Som tyg.

Jonna är vaken. En liten stund ligger hon kvar, låter drömmen släppa sin kramp om hjärtat.

Hon räddade Jonathan, den där gången, när den stora vågen kom, hon gjorde ju faktiskt det. Att deras föräldrar inte varit där, var aldrig hennes ansvar, inte den gången och inte andra gånger. Att hon inte berättade för dem hur nära det varit, var för att inte oroa pappa och göra mamma ännu galnare, och ja, för att hon skämdes. Men Jonathan är på sjukhuset nu. Han är en vuxen man, och han lever. Ännu så länge gör han ändå det.

Jonna ser sig omkring, kastar en blick på klockan. Tjugo över sex. Det är måndag morgon, katten är inte i närheten och hon hör ljud uppifrån hallen, röster. Det verkar som om dörren till källaren är öppen.

Det pratas om tvätt? Ska någon börja tvätta, nu? Såhär tidigt på morgonen?

Snabbt börjar hon tänka över sina alternativ. Förutom hörnet i tvättstugan finns tre andra bra gömställen i källaren. Att stå eller sitta ihopkrupen bakom varmvattenberedaren. Att vika sig dubbel och tränga sig ner under pantkassarna i matkällaren, vilket är ganska olämpligt, eftersom det prasslar. Och så stället vid skorstensstocken, bakom den öppnade dörren till tvättstugan. Ett något större utrymme, som dock genast avslöjas om någon får för sig att stänga tvättstugedörren. Inget av dem är tillräckligt säkert för en längre stunds vistelse. En första varning får man på elfte trappsteget, som är det fjärde uppifrån, om man är tillräckligt uppmärksam. Då har man ungefär fem sekunder på sig att ljudlöst kasta sig in i ett av gömställena och bli osynlig. Vid de flesta tillfällen då någon haft ett ärende i källaren på morgonen, är det för att krångla fram och leda ut en cykel genom den vanliga, låsbara källardörren. Det brukar gå fort, låta mycket och ingen är uppmärksam på tvättstugan då. Någon gång kan en familjemedlem snabbt plocka ner ett specifikt klädesplagg från tvättställningarna närmast utgången, de som fylls och töms löpande.

Men nu vet hon inte alls vad hon kan förvänta sig. Sena kvällar, när hon kommit tillbaka, har hon kunnat se att en ny omgång tvätt har blivit hängd, en annan försvunnit, och en luftavfuktare är igång. Det har funnits flera högar kvar, de verkar aldrig komma till botten med sin tvätt. Men en storröjning i tvättstugan kan hon inte tillåta, medan hon samtidigt är därinne. Det är alltså högsta prioritet att ta sig ut ur huset så snabbt som möjligt. Hon tar sig inte tid till några förklädningar, just idag blir det enklast möjliga, det som finns närmast henne i tvättkassen: röda kappan, hennes egna jeans och svarta tröjan.

Men just som hon ska snöra på sig kängorna, knarrar ett trappsteg.

Hon bedömer under en sekund vilket hon ska välja: kasta sig in under tvätten och hoppas att besöket inte blir långvarigt. Eller blixtsnabbt rycka åt sig det hon behöver och rusa ut genom källardörren. Men någon kan ju vara i trädgården? Om de är uppe såhär tidigt, kanske de väntar där ute? Tänk om de ska iväg på något som hon missat? Nej, nu är stegen halvvägs ner i trappan, hon hinner inte ut! Hon väljer tvätthögen, dyker in, lyckas inte få med sig väskan riktigt utan får koncentrera sig på att få in fötterna under en handduk.

Stegen knarrar igen och igen, och så är någon där, kommer närmare och in i rummet där Jonna ligger.

"Här ska du se." Pappans röst. "Nu ska vi tvätta."

"Tätta", ekar en liten röst.

"Tvätta ja. Då blir mamma glad."

"Mamma."

"Ja. Mamma."

"Laaad."

Prasslande från påsar och något annat, något hårt som bankar till, kanske luckan till tvättmaskinen.

"Mamma?"

"Mamma sover, Bianca. Mamma är så trött."

"Edå!"

"Ja hejdå, mamma! Mamma får sova lite så ska vi tvätta, du och jag."

"Tätta."

Sådär pågår samtalet medan den lilla och hennes pappa laddar tvättmaskinen. Hon ska hjälpa till med allt, så det tar fem gånger så lång tid.

"Älla. *Älla!*" Bianca ska hälla tvättmedel och sedan också sköljmedel, spiller såklart och Niklas får torka.

Jonna vrider så omärkligt hon kan huvudet mot väggen, där det är öppet och hon kan få lite syre. Efter vad som känns som en halvtimme, men troligare är drygt fem minuter, säger Niklas:

"Så, nu får vi vänta på att tvätten blir färdig."

"Fädi."

"Färdig, ja. Vi ska ta ner allt detta också. Handdukarna där. Men först ska vi gå upp och äta lite frukost. Kom, älskling!"

Han gör ett stånkande ljud som tyder på att han med viss möda lyfter upp barnet, de försvinner ut genom dörren och knarrar sig uppför trappan.

Åh, herregud. Så otroligt nära! Hon måste ut innan de kommer ner igen. Snabbt samlar hon ihop vad hon behöver; väskan, kappan, flaskan med vatten. Smiter in och hämtar två burkar av det som står närmast, det får bli tonfisk, allt medan hon lyssnar efter knarrande steg. Men nej, nu hörs inget, det verkar lugnt.

Men när Jonna kommer ut från matkällaren, ser hon något röra sig längst ner i trappan. Det är så orimligt att hon inte kommer sig för att gömma sig. Under bråkdelen av en sekund tänker hon att det är katten som fastnat i något plagg från tvättstugan. En liten kropp reser sig nu med hjälp av trappsteget upp till stående. En mycket liten människa i blekgul pyjamas, med tunna, ljusbruna lockar och en napp i handen. Som nu stirrar på Jonna.

Det stämmer inte. Trappan har inte knarrat? Tills hon inser det:

Gamla brädor knarrar bra, men inte av så lätta fötter.

Ett evighetslångt ögonblick ser de på varandra med stor förundran, den lilla knubbiga, pyjamasklädda, och den unga kvinnan i röd kappa med vild blick och håret på ända. Sedan backar kvinnan, tyvärr inte helt ljudlöst, ut genom källardörren. Det sista hon ser är den lilla handen, vinkande.

"Edå!"

Den silvriga Toyotan

När den silvriga Toyotan kört utom synhåll, öppnar Nathalie återigen kameragalleriet i sin telefon, medan hjärtat långsamt lugnar sig i bröstet.

Japp, där är han, killen med den ärrade näsan. Några olika bilder har hon lyckats smyga till sig, medan hon spelat helt dum i huvudet, låtsats tappa telefonen och letat efter någon jävla karta som hon naturligtvis inte alls hade tänkt visa honom. Ett par helt suddiga bilder, en annan snett underifrån där man inte riktigt ser hans ansikte. Men en riktigt bra, klar och tydlig, där han stirrar rakt in i kameran. Hans näsa är större och ser ännu mer ärrad ut än i verkligheten. Sen några bilder på bilen, tagna från ganska långt avstånd men om man förstorar maximalt ser man nummerplåten också. LBR 528.

Klasskompis, ja, eller hur? Jonna har inga kompisar, särskilt inte killar som ser ut att bära runt på en teve. En helt vanlig barnrumpa som tränat upp lite biceps och tror han är king. Hon känner igen typen väl, tycker han har koll men egentligen är han en lättlurad idiot. Men kanske en farlig idiot?

Hon tvekar först inför telefonsamtalet hon måste ringa. Nathalie ogillar att prata i telefon med folk hon inte känner. Men sedan slår hon numret till polisens informationstelefon och berättar rakt på sak om besöket, frågar vart hon kan skicka bilderna. Mannen hon blir kopplad till är riktigt positiv, de har inte fått in några bra tips kring Jonna tidigare. Därefter ringer hon kontakten vid Sökinsatser Göteborg och tar reda på ny tid och plats.

De har under större delen av torsdagen sökt runt skolan vid Näckrosdammen och i de närmaste kvarteren, knackat dörr och gått en skallgångskedja genom skogspartiet ovanför huset. Många hade de varit då, nästan femtio personer, men: ingenting. Insatsledaren Kim hade egentligen inte tänkt sig ett sök även idag, det är för kort inpå och svårt att få tag i tillräckligt med folk. Men Nathalie insisterar och han ger med sig. Han vet inte på rak arm var de ska söka den här gången men föreslår en mötesplats för att komma överens om det.

Nathalie går in i gruppkonversationen med Pierre och Valentin.

"Götaplatsen, 15.00. Nytt sök. Kan ni?"

Hon går in i lägenheten igen och äter upp resterna av turkkäket. Alltihop faktiskt. Hon kommer gå upp några hekto men nu skiter hon i det. Naglarna är nya och fina, i alla fall, alltid något. Nu glittriga, det stör mindre när de växer ut.

Sedan drar hon på sig ett par funktionsbyxor utanpå de tunnare träningsbrallorna hon redan har, och en varm tröja. Ringer Karl.

"Jag åker och letar med Sökinsatser. Kan bli lite sen men kan vi sova hos dig sen?"

"Ja, det är klart. Om du vill".

"Bra. Det...det känns lite läskigt här hemma nu. Och det är tvärstökigt."

"Jo", Karl skrattar till, "det är ju ingen hemma som städar längre."

"Nej. Fan, vet du vad som är konstigt?

"Nej?"

"Jag saknar henne!"

"Det är väl inte så konstigt? Ni har ju bott ihop i två år."

"Jag vet. Dumma kossa. Varför skulle hon lyssna på mig för?"

"Vadå?"

"När jag sa att hon skulle dra. Jag säger ju sånt, jag menar det ju inte."

"Har du sagt det till Jonna förut?"

"Kanske. Jo, typ. Fast då var jag inte lika arg. Och då drog hon ju ingenstans, hon gick bara in på rummet."

"Natta, älskling. Jag tror du behöver träna lite på att hantera dina känslor. Kanske en kurs i meditation? Du kan gå den som jag…"

"Meditera? *Jag?* Sitta stilla och tänka på ingenting? Jag kan ju inte ens koncentrera mig så att jag kan se färdigt ett helt avsnitt av Gilmore Girls. Och Gilmore Girls är det bästa som finns, det vet du."

"Jaja, du saknar henne och du erkänner att du har gjort nåt dumt. Goda nyheter, i vilket fall."

"Hm. Antar det. Men det var lite sjukt, för det var liksom som om hon *ville* gå. Som att det var hon som bestämde sig, när vi var i hallen, kommer du ihåg?"

"Kanske det. Jag känner henne ju inte. Hon var förbannad först, och sen tyst, och så gick hon, det var det enda jag märkte."

"Jo, men det kändes faktiskt så. Hon ville gå. Och om nån vill flytta ifrån mig, och hellre är hemlös. Jag menar, det är ju ingen komplimang, direkt."

"Inte riktigt. Men du får kanske en chans att be om ursäkt. Vi får hoppas det."

"Ja, fan. Det får vi verkligen hoppas."

De avslutar samtalet och hon laddar den lilla tajta löpningsryggan med en flaska cola zero och jackan, sen springer hon med bra fart hela vägen till Götaplatsen. All träning för att hålla vikten har faktiskt gett den märkliga bieffekten att hon är i riktigt god form. Och idag, när hon ätit ordentligt, orkar hon bättre. Hon klockar sig och tar sträckan, som är drygt sjuhundra meter, på två minuter och tretton sekunder. Det var rackarns. Hon kanske skulle börja fokusera mer på löpningen? Det är irriterande bara, detta med håret. Hur hon än gör så stör det henne. Utsläppt piskar det på ryggen och i tofs skumpar det och rasar långsamt ner. Långt hår är också en dålig kombination med kladdigt läppglans och blåsigt väder, en kombo som ständigt tycks förfölja henne i den här stan. Munmustasch! Inte okej.

Nathalie är tidig och först på plats, så hon sätter sig på kanten till fontänen där Poseidon huserar och googlar på korta frisyrer. Det finns en, vitblond med mörkare hårbotten, men ruskigt kort. Snygg. Förbluffande att hon ens tänker tanken. Skrämmande faktiskt. Hon släcker ner telefonskärmen.

Det skvätter lite från fontänen, som en dimrök bara, det är ganska skönt mot nacken och kinden. Hon ser genom dimman, bort mot människorna som sitter på trappan till Stadsteatern och solar. En regnbåde bildas i röken, den är svår att fokusera blicken på, som en sådan där tredimensionell bild man försökte få syn på när man var liten.

Och statyn, i profil härifrån, med den stora fisken i handen. Men herregud! Hur blev det där egentligen? Det har hon aldrig tänkt på förut. Från sidan ser den där jättefirren ut som...något helt annat. Det är ju helt sjukt! Obscent, faktiskt. Hon tar en bild och skickar till Karl, som ganska genast svarar: "Nu blir jag väldigt svartsjuk", tillsammans med en gråtskrattande emoji. Sen googlar hon på det hela. Hon får en träff där någon påstår att det var konstnären Carl Milles som i vredesmod över att inte få ha kvar de större ädlare delarna han först utrustat sin staty med, i hemlighet ordnade till en synvilla i en viss vinkel. Kul kille. Undrar vad han hittade på för andra hyss i sitt liv.

Men just när hon ska kolla upp saken, kommer Pierre. Hans ögon är stora och oroliga och han ger henne en kort, hård kram. Hon blir förvånad över det, men också lite glad. Sen dyker några fler personer upp, allt eftersom. Gruppledaren Kim, tillsammans med en annan man, som är äldre än han men annars ser exakt likadan ut, säkert hans pappa, med två hundar, en schäfer och en annan sort som hon inte vet namnet på. En av Jonnas sjalar har Kim redan fått av Nathalie, för hundarna att sniffa på när de söker. Sedan kommer ett par kvinnor som varit med under gårdagen och några andra som hon inte känner igen. De får varselvästar av Kim den Äldre medan Kim själv håller en kort samling där han berättar att han nyss varit i kontakt med polis och att de fått in ett värdefullt tips under eftermiddagen. Nathalie sträcker nöjt på sig. Ännu så länge finns inga konkreta ledtrådar till var Jonna befinner sig just nu. Han undrar om någon har något förslag på var de kan leta under kvällen men får dröjande huvudskakningar och axelryckningar till svar.

"Vi har sökt runt hemmet i Johanneberg, skolan, och i de närmaste grönområdena. Och vi har knackat dörr i huset och de närmaste kvarteren. Dragga i Näckrosdammen är inte aktuellt än, och det får polisen hålla i om vi kommer dit."

Pierre och Nathalie utbyter ett tyst ögonkast och hon måste börja röra på sina fötter, fingra på naglarna.

"Var kan vara nästa plats, vad har vi inte tänkt på?" undrar Kim. I det ögonblicket kommer en ung, något kutryggig man galopperande från busshållplatsen utanför stadsbiblioteket och älgar över stenläggningen med ett finger i luften. Nathalie har under de senaste dagarna inte sett honom röra sig snabbare än en sköldpadda. Och, om man nu kan säga att Valentin alls är kapabel höja rösten, utropar han:

"Jag tror jag vet!"

Lucky strike

"Jag måste bara ha en låda thai på vägen."

Valentin öppnar dörren till den asiatiska restaurangen på Berzeliigatan, gör sin beställning vid disken och lutar sig mot fusktegelväggen. Medan han väntar betraktar han Pierre och Nathalie utanför, där de hamnar i sol och skugga omväxlande, allt eftersom molnen rasar förbi i blåsten. De är så omaka, lustiga att se tillsammans. Hon: liten och smal, välfixad, med telefonen framför sig så fort hon får chansen. Verkar ständigt rastlös och uttråkad samtidigt, orden kommer snabbt i korta, något entoniga meddelanden, emellanåt i form av blandade svordomar. Men plötsligt, vid skarpa lägen, blir hon fokuserad och snabb, både i tanken och i kroppen. Han: stor och lång men med en liksom pojkaktigt frågande uppsyn och kroppsföring, lockigt, mörkt hår som ser bångstyrigt ut. Rösten, eftertänksamt letande, som om det är rösten som tänker och resten av Pierre liksom får hänga med på färden, de åker upp och ner och landar i några av de djupaste basnoter Valentin hört.

De verkar ovetande om att han ser dem genom rutan. Det enda de ser är troligen sina egna spegelbilder, att döma av Nathalies regelbundna poserande. Hon grejar med telefonen, ringer ett kort samtal och studsar otåligt mot de neonorange skosulorna. Pierre böjer sig fram, skrapar sin ena sko mot den andra, som om något fastnat där, kanske inbillat. Sträcker sedan på sig, sätter sin hand i den långa ryggen och blickar upp mot husväggen. Så lika de är ändå. Som två hästar som hamnat i samma hage och står och skrapar med hovarna. På något vis är vi alla så skrattretande lika.

Pierre påminner honom också om Adam. Den lugna närvaron, djupet som anas under ytan. Jonna borde alltså också gilla Pierre.

Adam, ja.

De började hänga tillsammans, de tre; Valentin, Jonna och Adam, de där sensommarkvällarna i början av åttan när Adam just flyttat in i deras område och fått en plats i deras klass. Han dök upp där en kväll, med sina mörka ögon och svarta, glansiga lockar, slog sig ned bredvid dem på bänken, som om det var det mest naturliga i världen. De brukade lojt ta en tur i linbanan, glida mellan gungor och parkbänkar, ligga på rygg på asfalten och skratta så de fick träningsvärk i mellangärdet.

Musik, musik, det var luften de andades. De turades om att två och två ligga bredvid varann i den nya, stora kompisgungan med var sin snäcka i örat, den tredje stående i gungan över dem, med utblick över området. Han minns den stunden, där han låg bredvid Adam på det sträva, flätade underlaget och hans lena hår kittlade kinden. Vetskapen att Adam hörde samma ord som han själv, samma rytm, samtidigt.

Lights will guide you home, and ignite you bones, and I will try…to fix you.

Visst hade molnen rasat förbi, precis som idag? Jonnas tysta gestalt över dem, som sakta och regelbundet tryckte ifrån med fötterna, för den perfekta gungfarten, bistert blickandes ut över deras hoods. Ingen skulle komma dit, ta deras gunga, avbryta denna meditation av koncentrerad samvaro. Som en trygg kapten på deras skepp, med den värdefulla lasten av tre vänner, ett par lurar och ett halvt paket Lucky Strike.

Länge fick de ha sin bubbla. De andra lät dem vara, efter att tillräckligt många gånger ha fått Jonnas tysta långfinger mycket nära ansiktet. Men samma kväll som de gått ut nian, försvann de båda med varandra, Adam och hon, in bakom skolbyggnaden. Buskarna med små vita blommor släppte tusen minimala blomblad över Jonnas kläder där hon strök förbi dem med Adam vid handen.

Så vackert att det varit som ett hån. Hon hade vänt sig om och gjort deras hemliga tecken mot Valentin, där han stod kvar. Tecknet som betydde deras kärlek; tummen, pekfingret och långfingret i luften. Tre fingrar för tre vänner. Hon hade sett allvarlig ut, mitt i sitt kärleksrus, medkännande med Valentin. Men, för första gången någonsin, gjorde han inte tecknet tillbaka.

Han ökade istället volymen i örat lite för mycket och gick därifrån, åkte med Marcus och Jovan till stan, drack sig full för första gången, sparkade sönder en papperskorg och grät inombords. I första hand över vem var oklart. Jonna hade varit hans. Hans bästis, den enda som förstod honom, hans allierade och försvarare i en klass och en värld full av babblande, korkade idioter. Också den första han hånglat med, utan att må illa efteråt. Men egentligen hade han bara velat krama henne, kysst henne hade han väl gjort för att Adam sett på. Och säkert hade hon låtit honom, av exakt samma skäl.

Adam hade försvunnit ur hans liv. Det hade inte alls varit som han trott: att Jonna vaktat Adams och Valentins kärlek, att Adam hade väntat av blyghet, som han själv. Nej, tvärtom. Valentin hade varit förkläde åt dem. Och på sätt och vis hade

Jonna också försvunnit. Den urgamla vänskapen var förändrad. Adam hade skruvat åt den, med sina smarta skämt och mörka lockar. Märkt om den, med en Lucky strike.

"Nummer fyra!" Valentin ser sig yrvaket om, tar emot den lilla plastpåsen och går ut till Pierre och Nathalie. På något märkligt vis är det plötsligt som om han känner dem lite, lite bättre.

Alla pratar om Jonna

På sociala medier sprids hennes bild i detta nu. Människor Pierre aldrig hört talas om har delat inlägg från andra han inte heller känner till. Det är en riksnyhet: Jonna Albrektsson, tjugoåtta år, från Göteborg, är försvunnen. Han märker att han förhåller sig kluven till publiciteten. Nästa sök kan de få mängder av frivilliga. Men han känner sig liksom anonym, som om just hans insats inte behövs. Barnsligt, såklart. Egoistiskt.

Vi försöker tänka som Jonna, säger nu hans bekanta på spårvagnen. Vad skulle hon gjort i det här läget, vart skulle hon tagit vägen? De utgår såklart ifrån att han också känner henne. Han känner sig dum. Vilken idiot letar all ledig tid efter en person han bara nästan dejtat? Nathalie verkade lite förvånad först, över Pierres närvaro, hans engagemang. Men allteftersom har hon accepterat det, tagit för givet att Jonna haft ett hemligt kärleksliv. De skakar fram på vagnen och Valentin gör sitt bästa för att äta thaimat utan att söla, och utan att chauffören ser, medan Pierre försöker tänka som Jonna. Det går inte särskilt bra. Tydligen har hon varit i kontakt med sin bror på sjukhuset, och sedan försvunnit igen. Själv kan han inte ens föreställa sig en situation där han väljer ensamheten på det sättet. Om det nu är det hon gjort. Han hoppas det. Men varför, vad har hänt, vad är hon rädd för?

"Var brukade hon hänga, Valentin?" undrar Nathalie.

Valentin försöker få med sig en sträng av något, kanske bambuskott, och torkar sig sen runt munnen med en servett han får upp ur fickan.

"Vad jag vet var hon mest i närheten av där vi bodde. Parken närmast, vid det gamla sanatoriet. Lekplatserna, skolgårdarna, någon gång på fritidsgården, när det inte var så mycket folk där. Slätten på väg mot tjärnen och runt den. Ungefär så."

"Då tipsar vi Kim om de ställena då?"

Valentin nickar och vänder sig till Pierre.

"Vad säger du? Har du snappat upp något som kan ge någon ledtråd?"

Pierre ruskar på huvudet. Han har svårt att föreställa sig Jonna ute i naturen. På väg från skolan en gång, då de passerat genom ett litet skogsparti, hade hon vägrat gå vidare för att hon trott att jackan vidrört ett spindelnät.

"Nej. Alltså...jag känner inte Jonna så väl egentligen. Jag skulle väl vilja lära känna henne, snarare."

Han vågar knappt möta de andras blickar och ser ut genom fönstret, på en kyrka de passerar, ett elskåp, en gräsmatta ner mot en korsning. Men Nathalie rycker bara lite på axlarna och tar ett tuggummi, låter påsen vandra runt emellan dem.

"Det gör nog inte jag heller. Hon är inte så himla lätt att lära känna. Det är nog du som kan henne bäst, Valentin."

"Kanske, fast det var ju längesen. Det jag vet är att platser är viktiga för Jonna. Nästan viktigare än människor. Hon gillar inte folk nåt vidare, eller litar inte på dem åtminstone. Bara några enstaka."

"Men hon gillade dig?"

"Jo. Och en till." Valentin tystnar ett ögonblick.

"Sin pappa var hon också tajt med", fortsätter han. "Men Jonathan är nog viktigast av alla. Honom skulle hon kunna göra vad som helst för."

Valentins röst svajar till en aning och nästa mening nästan viskar han fram.

"Hon skulle lätt dö för Jonathan."

Vid ändhållplatsen träffar de Kim och de övriga, och beslutar sig för att dela upp sig och knacka dörr i butiker och caféer, och efter en timma träffas vid parkeringen ovanför fritidsgården för att gå skallgång upp genom närområdet och sedan i terrängen mot tjärnen. Pierre får fortsatt sällskap av sina nya bekanta och de drar på sig varselvästarna. På restaurangen har ingen sett något, och inte heller på Torps konditori, som ligger i samma byggnad, där en ganska stilig, medelålders man av kanske persisk härkomst, torkar av borden.

De går med solen i ryggen över gatan, förbi trevåningshusen av ljust tegel och upp mot Jonnas och Valentins gamla skola, som nu är riven och ersatt med en helt ny. De knastrar runt där i gruset, ropar hennes namn lite slumpmässigt i olika väderstreck. Däremellan berättar Valentin lösryckta minnen av någon gemensam kompis till dem, en Adam. Han ser en kort stund nästan sorgsen ut. Pierre undrar varför. I hans ögon är det här en total idyll; de lugna villorna runt omkring, parken som klättrar upp mot det ståtliga sanatoriet från sekelskiftet, med skogen bakom. Hans egen uppväxt, med en ensamstående mamma i en tvåa i ett risigt Gamlestan, ter sig som rena misären i jämförelse.

"Var bodde Jonna?" frågar han Valentin, som pekar bort över gatan, in mot en smalare avtagsväg.

"Trivdes hon där?"

Valentin vickar huvudet från sida till sida.

"Ja, alltså, hon älskade huset. Men de hade det jobbigt. Med mamman."

"Vad var det med mamman?" Nathalie har just tänt en cigarett, men tittar på den med ett äcklat uttryck och fimpar den mot skosulan.

"Hon var psykiskt sjuk på något sätt, manodepressiv... bipolär menar jag. Hade vanföreställningar, låg mycket i sängen. Hon var väl inte någon särskilt bra mamma. Utom ibland, helt plötsligt, när hon skulle ställa allt till rätta, bakade typ hundra bullar och köpte dyra kläder till barnen, som de egentligen inte hade råd med. Pappan var också sjuk på slutet, fast i kroppen, typ. Minns inte riktigt vilken sjukdom det var, då umgicks inte vi lika mycket, Jonna och jag. Han dog sen, pappan.

Pierre nickar. Just det har Jonna berättat, och sjukdomen var MS. Pierre vill bli läkare när han pluggat upp betygen, och han har läst om neurodegenerativa sjukdomar som angriper det centrala nervsystemet. Han ryser vid åtanken.

Ja, Jonna hade berättat om pappan. Den där gnistrande kvällen, när hon halvlegat i Pierres knä. Fast mest hade han själv pratat. Han hade riktigt kommit igång den där gången, för hon hade lyssnat så helt stilla. Uppmuntrad hade han babblat på om allt möjligt, säkert knappt frågat henne något alls. Idiotiskt! Det är så många saker han ångrar. Tänk om han inte tagit Sara tillbaka, då hade de kanske inte gått här och letat nu. Egentligen hade han ju vetat det länge, det hade skavt och skurit sig och en tyst ordlös röst hade påmint honom om något han inte fick glömma. Du vet ju vad du behöver göra, hade den sagt. Men ändå hade han inte gjort det.

Nu kan det hända att han inte ens kommer att få träffa henne igen, vad som helst kan ha hänt, Jonna kan till och med vara...

"Men hon tyckte om huset, sa du?" frågar han istället för att följa den tankegången till sitt slut.

"Hon älskade det. Det var liksom *hennes* hus. Vi var där mycket när vi var mindre. Senare, när pappan blev sjukare, ville jag helst inte gå in. Det kändes som om ingen vuxen var hemma och vad som helst kunde hända. Men det var ett väldigt vackert hus, stort och fullt av en massa vinklar och vrår, och hon kände till alla. Jag minns att vi brukade gömma oss i källaren…"

Men Pierre lyssnar inte riktigt nu, märker han.

"Kan vi gå dit?" frågar han istället. "Kan vi knacka på?"

De båda andra tittar förvånat på honom.

"Men det är ju nån annan som bor där nu", säger Nathalie och ser ut som en trettonåring som tycker att man är lite blåst.

"Jag vet det. Jag fick bara en känsla…"

Valentin nickar sakta.

"Jo, men det är inte helt dumt tänkt."

Nathalie ger misstroget med sig och de går den smala gatan fram, förbi murar och trästaket, brevlådor och gamla trädgårdar. Huset Valentin stannar framför är stort, ser äldre ut än dem runt omkring och är också annorlunda byggt. Förmodligen har det funnits här i flera decennier före de övriga, som snarare är stora lådor i funkisstil. Detta är av ljusgrönt trä, med koppartak, vita fönsterfoder, rejäl veranda med spröjsade fönster och burspråk. Allt inramat av fruktträd nedtyngda av vita och ljusrosa blomklasar som just slagit ut.

Valentin har gått förbi många gånger. Hans föräldrar bor kvar på samma gata, och han har sin skrivarlya i deras källare. Många gånger har han haft lust att knacka på dörren, som han gjort nästan dagligen under sin barndom.

"Då var det alltså dags", mumlar han, som för sig själv, och ser upp mot fasaden, trycker ned grindens järnhandtag. Pierre följer efter honom uppför trappan, medan Nathalie tvekar utanför grinden. Det finns nu en modern ringklocka monterad bredvid dörren, och Valentin sätter sitt finger på den.

En liten melodi spelar därinne, snart hörs snabbt springande steg och därefter öppnar ett mycket ljusblont, ganska rufsigt barn med oblyg uppsyn.

"Hej! Vad vill ni?"

"Är dina föräldrar hemma?" frågar Valentin.

"Ja. Hurså?"

"Kan vi få prata med någon av dem?"

Hon granskar honom uppifrån och ner, innan hon svänger runt som i ett gladargt danssteg och försvinner in i huset. De hör henne ropa på mamma, och strax därpå dyker en lätt urskuldande kvinna i fyrtioårsåldern upp, med ett litet barn på höften.

"Förlåt...ja? Vad kan jag hjälpa till med?"

Valentin visar upp ett foto av Jonna.

"Vi är från Sökinsatser Göteborg och vi söker efter den här tjejen. Du kanske har sett henne på teve, Spårlöst?"

"Oj!" Kvinnan betraktar fotot. Sedan skakar hon på huvudet.

"Nej, det tror jag inte. Är hon försvunnen?"

"Ja, sen i måndags kväll."

"Nej...jag tror inte jag har sett henne. Bor hon här i närheten, eller?"

"Inte längre", svarar Pierre, som nu tagit ett steg närmare, "men hon har vuxit upp i det här huset, så vi tänkte att hon kanske har synts till i området."

"Va? I det *här* huset? Det var det värsta! Var det den familjen med pappan som dog och mamman som...? Men gud. Stackars barn..."

En äldre tonårspojke har också dykt upp bakom kvinnan och synar dem tyst.

"Hon hade en röd kappa när hon försvann", fortsätter Pierre. "Ganska kort, dubbelknäppt."

Det minsta barnet har nu fixerat Pierre med blicken och ler lite när han möter den. Sedan håller hon upp en gul bil, som om hon visar den för honom. Pierre nickar och ler lite obeslutsamt. Tonårskillen granskar fotot, lyfter sedan den lilla ur mammans famn, och hon lämnar vant ifrån sig barnet. Brodern går in med sin lillasyster, medan mamman samtidigt fortsätter att betrakta fotografiet av Jonna.

"Nej, jag tror inte jag har sett henne", säger hon till sist. "Men om jag gör det, vart hör jag av mig?"

De ska just be om att få visa fotot för fler familjemedlemmar. Då hör de Nathalies raspiga stämma nerifrån gatan.

"Men herrejävlar i helvete!"

Hon står på trottoaren, vänd mot bilarna som är parkerade utefter den motsatta sidan av gatan, med ena handen utsträckt framför sig, pekandes, medan den andra förvirrat söker sig runt nacken.

Framför henne, med villaträdgårdarna bakom, spirande av ny grönska, och fågelkvittret ekande i träden omkring, står en liten silvergrå Toyota Yaris med registreringsnummer LBR 528.

Stora Stenen

Det är tomt i trädgården när Jonna stapplar ut och kastar sig in mellan planket och tujorna. Idag får källardörren stå ohaspad, det finns inget att göra åt saken. Hon tar sig upp genom trädgården, lyfter på träbrädan i hönsnätet och kryper ut genom hålet. Reser sig till stående utanför tomtgränsen och borstar jorden från sina jeansknän som nu är smutsigare än några kläder hon någonsin haft på kroppen. Hon ser sig om. Har någon sett henne? Ett svagt ljus kan anas i källarfönstret, inmurat i den kraftiga stenmuren i Päronhuset, och även genom vardagsrumsfönstret, vilket tyder på att kökslampan är tänd. Men trädgårdarna ligger öde och sömniga i vårmorgonen.

Bianca hade rest sig mot trappsteget som om hon just hasat sig nerför trappan, baklänges. Hon måste precis ha lärt sig det. Visst hade det varit en stolthet i de där runda ögonen? Nappen i handen, som en vän på den farliga färden. Detta nya konsttrick från Bianca, att själv behärska trappor, innebär en del oväntade utmaningar för Jonna. Särskilt eftersom ingen i familjen verkar ha riktig koll på barnets nyförvärvade talang. Som tur är somnar ungen tidigt om kvällarna. Och kan förhoppningsvis ännu inte kommunicera sin upptäckt av en främmande kvinna i sitt hus, till någon annan. Det är morgnarna som måste lösas.

Det är dimmigt och stilla, tunna skyar smyger över gräsmattan borta mellan träden, på väg upp mot sjukhemmet, gräset är daggvått. Det har vuxit rejält bara på de här dagarna, det är helt otroligt vad allt växer. Solen har ännu inte stigit över träden på höjden bakom tomterna, men rakt ovanför huvudet är diset tunt nog för att hon ska kunna se himlens blå färg. Jonna promenerar med långa, snabba steg, benen känns starka. Vid tjärnen vill hon vara idag, och om det är såhär stilla kan det vara varmt nog att kunna ta av sig kappan. Det är en fördel, den röda färgen är lite väl iögonfallande. Parken är för vacker för att låta bli, hon tar den vägen istället för att gena över gatan och förbi fritidsgården. Följer gångvägen runt i en båge, passerar det gamla sanatoriet och fortsätter utmed kanten av de böljande gräsmattorna, förbi huset där en uggla bodde i skorstenen när de var små, och viker sedan av så att hon passerar groddammen.

Hon är inte särskilt rädd för skogen längre, för krypen eller jorden, och hon har funnit stigarna igen, dem hon gick som liten, med Valentin. Det är underligt hur hon fortfarande hittar överallt. En plats kan vara som helt raderad ur minnet men när hon står där i ett vägskäl där stigen delar sig, i en liten dold glänta eller går över en klippas krön, så öppnar sig den inre kartan, bilderna. Ögonen vet vad de ska få se, fötterna hur de ska trampa.

Benen styr mot Stora Stenen, det enorma flyttblocket som någon inlandsis släppt ner mitt i skogen för tiotusen år sedan. Den stora bumlingen bara ligger där helt plötsligt, placerad utefter vattnet, ett litet stycke innan sandstranden. Den var hennes och Valentins gamla mötesplats. Ett kodord, och en kodplats. "Stora Stenen", kunde hon skriva, då visste han, då var det nödläge. Oftast var det mamma som börjat skrika konstigheter och kasta saker. I det läget behövde pappa ta med sig den gråtande Jonathan i bilen och åka därifrån och ibland följde Jonna med dem. Då kunde de besöka en hamburgerrestaurang och leka i en klätterställning där, en lekplats utomhus, någon gång Naturhistoriska museet. Jonna gjorde vad hon kunde för att locka sin lillebror att skratta, glömma. När mamma blivit ensam hemma brukade raseriet ha dämpats och ha övergått i sorg när de kommit hem, till en tyst gråt som man inte hörde så mycket av.

Men Jonna hade god hörsel redan då.

"Stora Stenen." Han frågade aldrig, Valentin. Och han fick alltid gå hemifrån, för sin kloka mamma, som luktade så gott. Han hade fått lämna middagar, släktkalas och utflykter och mamman hade bara stoppat ner något gott till dem i hans Haglöfsryggsäck och bett honom försöka få med sig Jonna hem till dem. Men hon hade svårt för medlidsamma blickar, behövde bara Valentin och deras världar. De var jedis från Star Wars, trollkarlar ur Harry Potter eller Sagan om Ringen, de var goda och slogs mot de onda. Han regisserade och hon spelade de flesta rollerna, levde ut, levde om där i skogen, som en tok. Han filmade och redigerade efteråt. De ägnade timmar varje vecka åt sina filmprojekt, och åt att skratta och fascineras över vad de hade skapat. En vacker dag skulle han skriva en bok, den skulle bli film och hon skulle spela huvudrollen. Det hade de bestämt.

Och bakom Stenen var den bästa platsen, deras favoritscen. Den blev till slut en lucka i tiden, en portal, och hon känner den fortfarande. Bakom Stenen syns man bara från vattnet, inte ens från slingan på andra sidan, och där kan man sitta, luta sig mot graniten och vara vem man vill. Och det gör hon nu. Dimman har lättat, förångats av solen, som står högt på himlen, och det har börjat fläkta lite från sjön. Det går att ta av sig både kappan och tröjan, kängorna och strumporna. Hon öppnar en burk tonfisk, böjer locket till ett slags sked, som hon brukar, aktar sig noga för att skära sig på kanterna. Konserverna räcker inte riktigt för att kompensera för alla vandringar, benen ser smala ut i de skitiga jeansen, nu mer gråbruna än svarta. Hon hade kunnat vara någon helt annan där hon sitter och äter direkt ur en plåtburk, en cool motorcykelbrud kanske, en livsfarlig fånge på rymmen? Man kan vara vem man vill här. Så vem vill jag vara?

Jag vill inte ha tvång mer.
Jag vill vara fri.
Jag vill våga älska någon.

"Din vilja bor i skogen", sa mamma ibland, innan hon blev sjuk. Nu gör den verkligen det, viljan. Den bor i henne, och hon bor i skogen. Så kanske är det dags att försöka få det man egentligen vill ha?

En sak är säker: idag vill hon inte ha på sig jeansen. Solen bränner på byxlåren, vattnet glittrar förföriskt. Ingen är där, ingen ser henne. Några personer ligger utströsslade över gräsmattan borta vid sandstranden, hon kan se dem om hon lutar sig ut. Men det är långt bort, och från stranden syns inte mycket, sikten är skymd av träd och buskar. På andra sidan viken, vid bryggorna, sitter någon enstaka besökare.

Jonna vill få göra som hon vill. Och nu vill hon bada!

Snabbt drar hon av sig jeansen och linnet, och i trosor och behå vadar hon i över småstenarna. Vattnet är jättekallt, och det blir snabbt mörkt under ytan. Men det kan inte hjälpas, det är bara små kittlande stickningar i huden, hon överlever det och nu måste hon i. Ett, två, tre, på det fjärde ska det ske, och plötsligt är detta det viktigaste och det enda som finns, att få doppa sig, ensam, i en svinkall skogstjärn.

Hon vänder ryggen mot den mörka tjärnen och välter ner i det kalla vattnet, simmar ut, flera starka tag medan hon fnissar åt sig själv, ett ovant litet skratt. Snurrar över på rygg, sparkar med benen så att det skvätter i en kaskad efter henne och det bubblar som kolsyra i bröstet. Vad händer, är hon inte klok?

Hon ställer sig upp med vattnet till midjan och solen i ansiktet, sträcker upp händerna i luften. Det stora, våta breder ut sig runt henne, liksom den enorma rymden av ljus ovanför, och hon måste släppa ut ett litet tjut. Och sen ett till, ett högre. Ett sista, ett riktigt skrik faktiskt, hjälp, står hon i tjärnen och skriker?

Skamsen ser hon sig om men ingen verkar ha sett henne.

När benen börjar domna går hon upp, tar av sig den blöta behån, vrider ur den och torkar överkroppen hjälpligt med den, trär på sig linnet och låter resten av kroppen självtorka i solen. Det går ganska snabbt, skenet är varmt.

På andra sidan viken har den ena bryggan befolkats. Färgglada figurer rör sig i olika mönster och tempo. Hon kan svagt urskilja rösterna, en mycket ljusare än de andra, från en liten figur som snabbt dunkar sig fram och tillbaka över bryggan. Jonna klär på sig jeansen, strumporna och kängorna, lyfter med sig resten av sina saker, lämnar sin plats och går långsamt i skydd av trädens skugga mot stranden. Håller sig undan från de öppna ytorna, går bakom staketet på gångvägen förbi parkeringen, istället för att korsa stranden. Sedan upp i sluttningen, följer den asfalterade gången som utgör en del av slingan, bort mot badplatserna, låter bli den smala, grusade, som följer vattnet. Från sin väg kan hon blicka ner genom buskaget, mot sällskapen som gjort sina utflykter hit.

Nu närmar hon sig bryggan, den lilla sandstranden, omgärdad av en gräsbank, med bergsknallarna runt omkring och höga, raka björkstammar i gräset.

Och ja, hon har återigen hört rätt. Familjen på bryggan är Päronhusets folk.

Pappa Niklas sitter på huk i strandkanten och packar upp något ur en kylbag, Cornelia tränar hjulning i gräset, Zack går med böjd rygg och Bianca vid handen, som springer med snabba små steg, fram och tillbaka över träbryggan. Mamma Erika står i randig klänning med handen uppfordrande utsträckt mot Max, som sitter ner på bryggan med något, kanske en telefon.

Vad gör de här egentligen, en måndag? Jonna räknar snabbt i huvudet. Ja just det, första maj. Alla är lediga.

Det är intressant att se dem så här, Päronhusets människor. Få synintryck till de bekanta rösterna, deras personligheter förkroppsligade. Jonna kryssar lätt hukande mellan små nässlor och blåbärsris, närmare dem, ner mot stranden. De kan se henne, det är en risk. Men de är fullt upptagna med varandra och om hon inte känns igen är hon bara en av de andra här, någon som av en slump sökt sig just hit till vattnet och den nya grönskan, just idag, i försommarvärmen. Hon får upp sin dagbok ur väskan, slår sig ner på bänken vid grusgången, ett tiotal meter från bryggan, med boken framför ansiktet. Under tiden betraktar hon dem i smyg.

Niklas är på sitt typiska tramshumör, låtsas knuffa Erika i vattnet men fångar in henne, hon skriker till och vänder sig mot honom med sin gladarga röst, som nu harmonierar med en likadan min, en sammanbiten, med lätt utskjuten haka och lyckliga ögon.

"Åh, du din jäkla..."

De håller varandra så, i ett ögonblick.

De är föräldrar, en mamma och en pappa. De är glada tillsammans, de är rädda om varandra.

Det är alltså möjligt.

Jonna vill inte gå därifrån, låter bara rösterna porla mot trumhinnan medan hon fördriver tiden med att läsa sin egen dagbok. Solen skiner på hennes utsträckta ben och på fötterna som vilar på varandra.

Den är inte någon upplyftande läsning, dagboken, det kan man inte anklaga den för. Mest ångest och ensamhet, någon gång ett tappert försök till självpepp.

Har köpt en röd kappa i alla fall. Snygg. Hade bara varit roligt att få visa upp den för någon…

Hon lägger ner boken i knät och tar fram tonfiskburk nummer två.

Det känns plötsligt så märkligt alltihop. När hon skrev de här raderna bodde hon i en vacker lägenhet knappt en kilometer från centrum, med en ganska charmig tjej, som Jonna störde ihjäl sig på, men vars värsta egenskaper var att hon festade en del, rökte vid sitt eget öppna fönster och skrattade hest och högljutt. Det var alldeles nyss, men känns som en annan tid. En tid då Jonna kunde handla i mataffärer, visa sig bland folk utan förklädnad, gå kurser och äta lunch på stan. Bara en sådan sak som att ställa sig vid en bokhylla, välja en bok, göra en kopp earl grey och krypa upp i en soffa. Sova i en riktig säng.

En tid då hon inte var jagad, av annat än sina egna demoner. I många år har hon sett sig om över axeln, orolig att någon ska titta på henne, tänka något om henne som hon inte känner till eller kan korrigera. I alla dessa år har hon undvikit människor, varit rädd att lämna hemmet, att det ska hända en olycka. Men på sätt och vis valde hon det livet. Någonstans tyckte hon väldigt synd om sig själv, och på något sätt var det också någon annans fel att hon inte kom hemifrån på dagarna, inte hade några vänner.

Nu har hon inget val. Och har hon någonsin känt sig så fri?

Max klagar upprepat och entonigt över att han har tråkigt och vill gå hem, Cornelia är plötsligt fruktansvärt hungrig och Zack lyfter över Bianca till pappans famn, nickar åt en annan tonårskille vid stranden och släntrar ditåt. Mamman hukar bredvid Max, som sitter i käpprak, irriterad skräddarställning på den högra sidan om bryggan. Niklas sätter ner Bianca och lutar sig över kylbagen för att rota fram något till Cornelia.

Och, som i slow motion, ser Jonna vad som håller på att hända.

Bianca vinglar till i sidled, mitt i ett steg. Det hörs nästan ingenting dit Jonna sitter, inte ett plask, knappt ens ett ploppande ljud. Plötsligt är barnet bara försvunnet. Under en svindlande sekund inser Jonna att ingen annan märkt vad som hänt. Att djupet från bryggan är för stort. Att barnet kommer att drunkna.

Innan hon hunnit stoppa sig själv har hon ställt sig upp.

"Hallå! Hon ramlade i!"

Niklas ansikte vänds mot henne, men kanske har han inte hört? Även Zack ser åt Jonnas håll, han står närmare, med sina kompisar, bara några meter bort.

"Va? Va sa du?"

"Bianca! Hon ramlade i!" Jonna pekar.

Zack är snabb. Med tre långa steg är han framme vid vattenbrynet, sen kliver han i, med skor, kläder och allt, och där är hon uppe, i hans armar, det blöta skrikande knytet.

Jonna andas ut, och sekunden senare inser hon. Hon har sagt namnet! Skit också, kunde hon inte bara…åh, nu måste hon härifrån, snabbt som fan, hon får med sig grejer och kasse och kläder och…

Hon kastar ett snabbt ögonkast, måste ändå se efter hur det har gått, har Bianca skadats på något sätt? Hon skriker, nu i Erikas famn, men snart lugnar sig gråten till gnäll. Zack börjar genomblöt ta sig upp på bryggan och de vuxna pratar med chockade röster med honom, med varandra. Zack pekar åt Jonnas håll, åh nej, nu vänder de sig mot hitåt, de börjar röra sig i hennes riktning, hon börjar snabbt gå grusvägen bort mot kiosken.

"Hallå," ropar Niklas efter henne. "Du! Hallå, vänta, stanna!"

Jonna gör en avfärdande gest i luften, och så fort hon är utom synhåll springer hon, vänder sig inte om, rusar bort till kiosken, tar sig in på baksidan av byggnaden, till toaletterna och stänger in sig i där. Väntar en stund, tills hon tänker att de borde ha slutat leta. Öppnar dörren igen och ser sig försiktigt om.

Då upptäcker hon en gestalt borta under träden vid parkeringen. Stilla står han där, med en cigg i handen. En ung man med afrikanskt utseende, iklädd svarta träningsbrallor och jacka. Han ser inte åt hennes håll, tittar ner i sin telefon och sedan runt omkring sig, som om han letar efter något. Var har hon sett honom någonstans? Men helvete, det måste vara…

Hon kan inte stanna inne på toaletten, där har hon ingen uppsikt. Blixtsnabbt går hon ut genom dörren igen, ser bort mot den svartklädde, som har blicken vänd åt andra hållet, mot parkeringen. Samtidigt trampar hon hukande upp några steg i sluttningen bakom kiosken, upp i slyn och buskarna och där kastar hon sig ner, lägger sig platt på rygg i gräset.

Strax hör hon Niklas och Zacks röster.

"Är du säker?"

"Inte hundra. Men jag tror det. Och varför skulle hon annars springa iväg så?"

Sekunderna kryper fram. Ovanför henne är himlen mycket blå, grenar med pyttesmå blad vajar sakta över hennes huvud. Sedan blir deras röster alltmer avlägsna.

Hon sätter sig upp, försiktigt. Killen i svart är borta. Familjen syns inte heller till, säkert har de gått tillbaka till sin picknick, kanske avslutar de den lite chockat men snart kommer de att behöva få hem Bianca som har våta kläder, och även Zack, och de behöver bearbeta detta. Här gäller det att ligga i.

Jonna knyter, i brist på annan förklädnad, sin svarta tröja runt huvudet som ett slags sjal. Hon inser också plötsligt att det går att vända kappan ut och in, så att bara det svarta fodret syns, förutom en röd kant längst ner. Hon trär väskan tvärsöver bröstet och börjar springa slingan, bort förbi Stenen, hela vägen längs med tjärnen, passerar den gamla scoutstugan. Bröstet spränger, väskan skär in i axeln och skumpar mot höften, men hon fortsätter. Korsningen, slätten, ner mot gatan, upp på andra sidan, bakom sjukhemmet och stigen utefter tomtgränserna. Kanske har grannskapet idag förundrats över denna möjligen muslimska unga kvinna som har så förbannat bråttom? Några underliga blickar har hon allt fått på vägen. Men nu är hon framme, och ingen är efter henne.

Huset vilar där, väntar på henne.

Jonna måste avvakta garagegrannen, som tvättar sin bil. När han lägger ifrån sig slangen och vänder ryggen till, tar hon sig snabbt in genom trädgården, får upp källardörren, som fortfarande står ohaspad, stänger om sig och haspar på. Det tar en stund att hämta andan, men inte som förr. Konditionen är redan bättre, hon känner sig lätt, stark. Men så oerhört hungrig. Efter en kort avsökning av matkällaren kan hon konstatera att förrådet av favoriterna ravioli och fiskbullar är kraftigt decimerat. Det får bli en burk kall köttsoppa och en efterrätt bestående av konserverad frukt i småbitar. I tvättstugan har den hitersta väggen befriats från ett par tvättkassar, en omgång ny tvätt hänger på ställningarna, luftavfuktaren är igång. Annars ser det ut som förut. Gott om högar att gömma sig bakom alltså, även i natt. Och tvättat har familjen redan gjort idag så risken för nytt besök är liten. Klockan är bara halv fem, men efter den här dagen skulle det vara skönt att vila upp sig ordentligt.

Hon tänker på händelsen vid bryggan, och i en blixtsnabb impuls ser hon återigen för sin inre syn den lille, på stranden, den hon tog hand om för länge sedan. Han vänder sig emot henne, i de små urtvättade kalsongerna, och han ser inte vågen som kommer. Hon rusar mot honom, medan hon hör någon skrika. Det finns ingen annan där, så det måste vara hon själv, och benen är så korta, de är inte snabba nog, hon är den vuxne, fast i sexåringens kropp.

Men hon gjorde det, då. Hon räddade Jonathan. Och idag har barnet också överlevt. Hon har faktiskt hjälpt till att rädda ytterligare ett barn.

Jonna står där, med fruktkonserven i handen, häller i sig de sista fruktbitarna och den söta saften, ser ut över sin tillfälliga boning. Snart ska hon tvätta sig lite med pärontvålen. Solen skiner in genom det smala fönstret och bildar en sned rektangel över det kaklade golvet framför tvättmaskinen. Ett parallellogram, visst heter det så?

Hur kan en människa känna sig så trygg någonstans, under dessa omständigheter? Det är helt ologiskt.

Men just som hon ska börja ta av sig och förbereda sig för att återigen gömma sig under högarna, vila och invänta sömnen, hörs ett mycket lätt knakande bakom Jonnas rygg. Sedan en röst.

"Så det var du."

Hon snurrar runt, tappar burken i golvet så att lite kvarvarande sockerlag skvätter över hennes fötter.

I dunklet nedanför den gamla ektrappan, står en ung man med en brödkavel i handen.

Zack.

Zack lägger märke till saker

Zack har läst en bok om medvetandet. Den är egentligen pappas, men i flera veckor har den legat i en hög på vardagsrumsbordet och till slut har Zack lånat den. Där har han stött på något som han känt igen, en tanke han själv umgåtts med några gånger.

Vad finns egentligen i medvetandet? Vad är vi, i varje sekund, medvetna om? Och vad får liksom inte plats i medvetandeströmmen, hamnar utanför? Man kan tro att det finns en klar distinktion mellan dessa två, men ibland upptäcker man att det inte gör det. Så står det i boken. En till synes helt vardaglig detalj kan registreras, men, som det verkar, omedvetet. Ytterligare små avvikelser inträffar, utan att var för sig leda till någon insikt, ge någon reaktion, ge upphov till någon tanke. Men vid ett tillfälle, och varför det sker just då är en gåta, vidgar sig medvetandet, från det smala spektrum det normalt omfattar, till att omsluta så mycket annat; till synes slumpmässiga minnen, ingivelser. Och plötsligt framträder ett mönster, retroaktivt, och man ser sambanden, betydelsen, bilden som pusselbitarna ska föreställa. När var man medveten om dessa detaljer? I stunden? Nej. Först i efterhand plockas de fram och sätts samman, när tanken redan vaknat. Var någonstans var medvetandet under tiden, och tanken? Var kom de ifrån?

Zack lägger märke till saker. På många sätt är det hans gissel, han blir trött av alla intryck hans hjärna väljer att släppa över tröskeln. Men det gör honom också lite lik Sherlock Holmes, och det är ju ändå ganska coolt. Något ändras, och han märker det. Kanske tänker han inte på det, men det finns kvar.

Det första var den blå kaffekoppen. Han hade stått där utanför sitt rum, i övre hallen, och tänkt på något annat, och det hade stått en blå kaffekopp på byrån. Han hade lagt märke till den, för han hade aldrig sett en kopp placerad just där förut. Inte i någon annan färg, och inte heller blå.

En annan dag hade mamma stuckit in sitt glädjestrålande ansikte genom dörren.

"Ni är så fina, mina älsklingar!" hade hon utropat, utan att närmare specificera sig.

"Vad har vi gjort?" hade Zack frågat Max, som spelat Call of Duty i hans rum.

"Det var tydligen städat i köket", hade Max mumlat.

"Var det inte pappa?"

Svaret hade dröjt lite, medan Max försvarat sig mot motståndare med tunga vapen.

"Nej, tydligen inte."

"Det var väl inte du, Max?" Max hade skjutit men blivit övermannad av ett team skyttar i bakhåll, dött, svurit och sedan sett upp på Zack med förbluffad uppsyn.

"Är du galen, det är klart det inte var jag!"

Någon som inte var mamma eller pappa hade, oombedd, städat ett gemensamt utrymme, tillräcklig otroligt i sig. Dessutom utan att ta åt sig äran. Helt orimligt!

Det tredje var den ständigt ohaspade källardörren. Varför skulle de plötsligt börja glömma att låsa med haspen, varje dag? Det var inte ens särskilt ofta någon gick den vägen numera, sen Max fått egen nyckel.

Och det fjärde. Det mest pålitliga tecknet egentligen, om bara folk lärde sig att lyssna när hon försökte säga något. Bianca hade tagit Zacks hand, dragit honom mot trappan, pekat ner där i mörkret.

"Mamma?" hade hon sagt.

"Mamma? Mamma är i köket, Bianca."

Men Bianca hade ruskat på sitt lockiga huvud, lite otympligt och mödosamt.

"Mamma! Däh." Det lilla fingret hade varit envist och tvärsäkert, uppsynen likaså.

Många gånger hade de läst mammas veckotidningar tillsammans, och hon hade kallat alla kvinnor på bilderna för 'mamma'.

Det var då han sett mönstret. Just i det ögonblicket hade detaljerna framträtt ur en minnesbank av registrerade, men tidigare omedvetna intryck som plötsligt fäst i varandra, länkats samman till en helhet, en bild.

Det hade varit någon där hemma. En kvinna. Som druckit något i en blå mugg på övervåningen, städat köket, visat sig för Bianca i källaren, och gått ut genom den gamla dörren, utan att haspa på, gång på gång.

Logiken är inte frapperande, det får han tillstå. Ingenting har saknats hemma, så vitt han vet. Vilken inbrottstjuv beter sig på det sättet?

Så en kväll frågade Zack mamma rakt ut.

"Har det varit någon annan kvinna här hemma?"

"Någon annan kvinna?" Mamma läste en bok i soffan, efter att Bianca somnat, och ville egentligen inte bli störd, det syntes på att hon inte lyft blicken.

"Vad menar du?"

"Någon av dina kompisar eller så? Moster Mia kanske? Bianca sa nåt konstigt förut…"

"Bianca? Vad sa hon?"

"Att det var en mamma i källaren, typ."

"En mamma? I källaren?" Mamma tittade upp med ett litet kluckande skratt.

"Men snälla, söta Zackarias. Hon har väl fått lite fantasi? Jag läser nu, gubben. Det har inte varit nån kvinna i källaren, förstår du väl. Ska inte du lägga dig snart förresten? Klockan är mycket. Du börjar väl tidigt imorgon?"

Nästa dag lyfte han upp Bianca, bar henne nerför trappan till källaren och frågade:

"Var nånstans var mamman, Bianca? Visa mig. Peka." Och hon pekade på platsen utanför dörren till matkällaren.

"Däh mamma."

"Var mamman där?" Och nicken, mer inövad och van, upp, ner, upp, ner.

"Vad skulle mamman göra, Bianca? Vart skulle mamman gå?" Och hon pekade igen, nu bort mot källardörren, med sitt lilla, knubbiga, beslutsamma finger.

"Däh mamma. Yte." Efter detta avslutade hon med en liten vinkning, så där som hon vinkar, genom att knyta och öppna handen upprepade gånger.

"Edå, mamma!"

Sedan hade fredagen kommit, och personer från Sökinsatser hade varit där, visat en bild på en försvunnen ung kvinna, som bott i deras hus som barn. Och därefter: en okänd tjej, i samma ålder, är plötsligt vid tjärnen, ropar på dem, och hindrar hans lillasyster från att drunkna. Var hade hon kommit ifrån, och varför hade hon varit så fokuserad på dem? Och hur kände hon till Biancas namn?

Hennes ansikte under luggen - den allvarliga, skarpa blicken, de mörka, raka ögonbrynen, som från fotot.

Den här kvinnan har bott i deras hus, så måste det vara. Hon har gömt sig där. Ingen annan kommer att tro honom, men så måste det vara.

Han hade klagat över de blöta kläderna, där vid tjärnen, och fått pengar till en taxi hem. Han hade behövt ett tillhygge, ifall det blev nödvändigt. Händerna hade skakat, där de burit på brödkaveln, medan han nogsamt undvikit de knakande trappstegen på väg ner mot ovissheten.

Och nu står hon här framför honom. Hon har snurrat runt och hennes ansiktsuttryck har gått från chockat till mjukt, osäkert. Det finns ingen aggressivitet där. Han sänker långsamt kaveln.

"Så det var du."

Hon svarar inte först, drar efter andan, andas långsamt ut igen.

"Ja", viskar hon sen. "Det var jag." Tystnad. Sedan, med händerna höjda, avvärjande: "Jag har inte stulit något."

"Okej."

"Bara lite konserver." Hon nickar bortåt, kanske mot matkällaren. "Jag ska ersätta er, jag lovar. Och jag har städat, i köket."

Han nickar, känner plötsligt hur svettiga hans handflator är, att han andas tungt och är torr i munnen.

"Jag misstänkte det. Och du har druckit nåt i en blå mugg på andra våningen. Och Bianca har sett dig här i källaren."

Jonna nickar.

"Hon kan klättra i trappor nu. Det blev lite lurigt där en stund."

"Vad gör du här?"

"Jag gömmer mig."

"Från vem?"

"En person, eller kanske några. Som vill...som vill mig illa. Mig och min bror."

"Är det någon som vill...döda er?"

Hon vänder på huvudet, som om hon hört ett ljud.

"Du, killen. Zack. Du måste lova mig att inte berätta för någon. Att jag är här. Inte ens din familj. Jag ska snart dra härifrån men det finns nåt jag måste lösa först. Jag har bara några dagar på mig. Jag behöver någonstans att sova bara, äta lite. Jag har ingen annanstans att ta vägen."

Zack är först tyst.

"Varför räddade du min lillasyster?" undrar han sedan.

"För att hon trillade i vattnet."

"Jo, det fattar jag, men du måste ju ha tänkt på att nån kunde upptäcka vem du var? Men du gjorde det ändå."

Han får inget svar. Så han bestämmer sig och sväljer hårt.

"Och om jag inte säger till någon. Vad händer då?"

Men då hör han stegen utanför.

Jonna ser sig snabbt om och backar in i tvättstugan.

"Är det där du...?" Han viskar.

Hon nickar och han måste le.

Herregud! Vilken annan familj har en tvättstuga så stökig att en människa på flykt kan bo där, utan att någon märker det? Han skakar på huvudet medan han går upp till de andra, där Bianca har somnat under en filt i vagnen och mamma gråter när hon kramar honom. Det känns konstigt, men också bra. Mamma gråter bara till filmer, och aldrig medan hon kramas. Strax därpå lösgör han sig och säger han att han ska hämta torra kläder i tvättstugan, smyger ner och viskar in mot tvätthögarna:

"Kan jag komma ner och hälsa på ikväll?"

Han får först inget svar på sin fråga. Men strax efteråt väser rösten tillbaka:

"Om du tar med en laddare. Till en Samsung!"

Strax efter tio på kvällen, plockar Zack fram laddaren till sin gamla telefon. Den ligger prydligt ihoprullad i den box i vilken den en gång levererats, i skrivbordshurtsens nedersta låda. Han placerar laddaren i botten av en tygpåse.

Det ska finnas en bok som han läst för Max många gånger när de var yngre? De hade båda varit lika fascinerade av ett visst kapitel. Just det. I bokhyllan i vardagsrummet hittar han Djurens värld. Efter att ha genomsökt innehållsförteckningen, slår han upp sidan femtiosex: "Att undgå fiender."

Spring riktigt snabbt, kasta kroppsdelar och spela död. Möjligheterna är flera, när bytet skall komma undan sin jägare.

Nederst på sidan; "Flocken skyddar" med en bild på afrikanska vattenbufflar som enats mot en lejonhona, som bittert lunkar därifrån. Pungråtta spelar död. En geckoödla släpper sin stjärt. Och där, mitt i uppslaget, finns alla bilderna, med de olika flyktstrategierna:

Snabbhet. Byta riktning. En hare flyr i zickzack och gör det svårt för rovdjuret att planera sin attack.

Koordination. Djur i flock, exempelvis fiskstim, skingras och samlas på bråkdelen av en sekund, för att förvirra rovfisken.

Avledning. Mindre snabba bytesdjur använder olika avledningsmanövrar eller överraskningsmoment för att klara sig från rovdjur. Och en bild på en bläckfisk som sprutar bläck i ena riktningen, och flyr i den andra.

Zack river ut en sida ur ett stort anteckningsblock och skriver med en tjock, röd whiteboardpenna:

Tips för flykt!

Därefter lägger han lappen som bokmärke i uppslaget, stänger boken och stoppar ner även den i kassen.

Kanske ändå, för säkerhets skull? När Max har somnat och Zack hör de regelbundna snusningarna från dörröppningen, tassar han in. Där hittar han, efter en stund, genom att lysa med sin telefon i lådan under sängen, den mycket naturtrogna leksakspistolen Desert Eagle. Den hade Max i hemlighet köpt i en leksaksaffär med Zacks hjälp, för julklappspengar, när deras föräldrar förvägrat dem båda skjutleksaker. Den är så verklighetstrogen att den absolut inte får lekas med på allmän plats, det hade personalen i leksaksbutiken informerat dem om, och det hade även stått på förpackningen, minns Zack. Den är stor, tung i handen och ser skitläskig ut.

Zack skriver en lapp till, på ett avrivet hörn av en sida; *Om det inte hjälper att fly kan man skrämmas.* Sedan sitt telefonnummer på lappen. *Messa om du behöver hjälp.* Slarvigt, för att vara han, rullar han ihop lappen och trär in den i ringen vid avtryckaren.

Slutligen öppnar han skafferiet och hittar mammas chokladgömma, mellan potatismjölet och majsmjölet, ett platt paket mörk choklad med hallonbitar. Han minns hennes ord:

Ibland när allt går åt helvete hjälper bara choklad.

Leta i skogen?

Hussein har kört olovligt, utan körkort, många gånger nu. Ingen poliskontroll, så här långt. Det är så stökigt i Biskopsgården att de inte har tid med trafikkontroller längre. Tur på vissa sätt. Otur på andra. Hussein känner till flera som råkat illa ut i gängstriderna.

En eftermiddag svänger han in på gatan och parkerar nära ett stort, ljusgrönt trähus. Det är rätt adress, där ska hon ha bott. Hussein sitter först kvar i bilen en stund, men ingen syns till.

Lite senare ser han några personer i neongula västar komma gående längre ner på gatan, i riktning mot honom där han sitter. Det här blir ju inte alls särskilt bra!

Han går snabbt ur bilen, låser med fjärrlåset och går med huvan uppe i andra riktningen. Längre nerför gatan låtsas han knyta skorna, tittar ut genom utrymmet mellan sina egna ben och ser, upp och ner, hur personerna med västar står på trappan till hennes barndomshem. Han fortsätter ytterligare en liten bit bortåt gatan och stannar till slut där han nätt och jämt kan se dem. Lutar sig mot en lyktstolpe och tänder en cigarett, ser sig om emellanåt. Efter några minuter kommer västarna gående åt hans håll, han tar själv snabbt av åt höger, och sedan en annan gata bakvägen tillbaka till Toyotan. Att folk från Sökinsatser knackar på i barndomshemmet är en anledning att ta en närmare titt där, helt klart. Men vid ett bättre tillfälle.

Hussein tillbringar sedan stora delar av kvällen i bilen, cirklandes runt i närområdet. Tar en pizza på ett litet ställe, går omkring en stund på Coop, köper en energidryck som han dricker, sittande på en bänk på torget. En av de små butikerna ser ut att ha slagit igen helt nyligen. "Hyra lokal?", står det på en orange, flashig skylt i fönstret. Det är lite sorgligt, tycker han, att små butiker inte klarar sig. Det är skönare att handla så, än på stora varuhus. Frukt och grönsaker, särskilt.

Hela tiden tittar han efter en ung, brunhårig kvinna med röd kappa. Men någon sådan ser han inte. Efter några timmar parkerar han bilen på samma gata igen, lite längre bort från huset den här gången. Han ligger risigt till hos Tomas, det är uppenbart. Hussein har ringt honom flera gånger, utan att få svar. Men ett tips har han lyckats få, via sms. *Leta i skogen.* Vilket jävla tips! Var då i skogen? Det är ett enormt friluftsområde och han hittar inte där.

Vid en av sjöarna har han varit och badat en gång, med skolan. De speciella pedagogen hade varit med, och killarna och tjejerna i förberedelseklassen. Och så Bengt, den första läraren han haft i Sverige, en stor, skäggig man i femtioårsåldern med ett högt, bullrigt skratt och guldtand. Det hade varit väldigt varmt först, när de grillat korv, och sedan hade det börjat åska och de hade badat i regnet och skrikit av skratt. Ett par av tjejerna i slöja hade också hoppat i, med kläderna på, och lärarna hade suttit tätt ihop under en handduk med stora leenden. Som om de varit stolta föräldrar. Det gör ont att tänka på det. Det var en tid av hopp om framtiden, då han fortfarande tänkte på sina egna föräldrar varje dag, hedrade deras minne, grät över dem och önskade sig ny kärlek, ny familj. Men man måste vara hård för att överleva i den här stan. Mogadishu är värre, men inte mycket.

När det börjar skymma åker han hemåt igen. Han får skjuta upp sökinsatsen till morgondagen. Ska han leta i skogen, tänker han åtminstone ha gott om tid innan mörkret faller.

På lördagen är Hussein tidigt på plats. Dimman ligger som en lätt slöja över gräsmattorna mellan den breda vägen och spårvagnsspåren. Han tar av vänster mellan de höga träden, in i villaområdet och parkerar på gatan, men lite längre bort från huset den här gången.

Kan hon verkligen befinna sig där? Är det rimligt? Skulle en familj gömma en flykting hemma hos sig, som de inte känner och som dessutom är eftersökt av polis, i media? Men han har inget annat att gå på. Tveksamt går han ur bilen och promenerar bort utefter gatan, samma väg han gått dagen innan. Ställer sig, som förra gången, och tänder en cigarett, lutad mot lyktstolpen. Samlar sig. Skogen, alltså? Usch.

Hussein tittar neråt gatan, som är folktom, parken ovanför likaså, förutom en äldre kvinna som rastar sin hund. Hussein öppnar kartan i telefonen, väljer terrängbild och granskar de olika vägarna, sjöarna. Det verkar finnas stigar härifrån, som man kan följa upp i skogsområdet. Kanske kan han låta bilen stå här så länge då? Snabbt tittar han upp för att lokalisera möjliga gångvägar. Men precis när han bestämt sig och stängt ner telefonskärmen, anar han något som rör sig längre upp i parken, säkert hundra meter bort. Han hinner bara se en skymt, under ett par sekunder.

Någon går med snabba steg på tvärs över parkområdet, viker sedan av och försvinner bakom träden.

Någon klädd i rött.

Genast börjar han småspringa uppför gatan och sedan vidare genom parken. Det är hon, det måste vara Jonna! Men nu ser han henne inte längre. Det är tungt i uppförsbacken, han har tappat styrka i låren sedan han slutade med fotbollen. Här någonstans borde hon ha försvunnit, men det finns dessvärre flera stigar att välja mellan. En asfalterad som fortsätter bara några meter till, och sedan löper vidare uppåt höger. En annan, en grusväg, slingrar förbi ett gammalt mörkgrönt hus och sedan vidare åt vänster. Hon kunde gått vilken som helst av dem. Ska han chansa? Han tar fram telefonen igen. Den ena stigen är utmärkt på kartan, troligen den asfalterade, den ser ut att mynna ut uppe i ett bostadsområde. Grusvägen kan han inte se på kartan. Ytterligare en gångväg, som borde börja längre ner, vid de röda byggnaderna ungefär, ser ut att leda upp till en liten sjö, kallad "Härlanda tjärn" på kartan, och sedan vidare till Delsjön, där han själv varit. Långt är det, flera kilometer. Till tjärnen ska det även finnas en bilväg, en parkeringsplats, och en kiosk.

Vem springer den vägen, när man kan köra bil? Och köpa dricka.

Under förmiddagen kör Hussein omkring mellan de olika parkeringsplatserna i friluftsområdet. Parkerar på olika parkeringsplatser, går ur bilen, promenerar omkring lite på måfå. Köper dricka och korv, röker en hel del. Hur gör man när man söker efter en person i skogen, helt själv? Hon kan ju vara var som helst. Det här leder ju ingenstans! När han dragit på sig en jävla parkeringsbot vid tjärnen, hoppar han irriterad in i bilen och åker tillbaka.

Han måste hitta en annan strategi. Befinner hon sig i huset så behöver han ta henne på väg ut eller in. Eller i värsta fall ta sig in där på något sätt. Inte springa runt i skogen som en fucking idiot. Från sin plats i bilen, på lagom långt avstånd från huset, går han igenom olika möjliga scenarier.

Knacka på och påstå att han säljer något, så att han blir insläppt? Eller köra samma grej som med blondinen i lägenheten; hävda att han är en kompis till Jonna. Och sen? Är hon gömd hos någon så kommer de ju inte att lämna ut henne, oavsett hur han presenterar sig. Och är hon där utan deras vetskap, kommer de också att svara "nej" bara.

Ta sig in nattetid, smyga runt i huset och försöka hitta henne där? Hur skulle det gå till? Ska han bryta upp dörren, slå sönder ett fönster? Det går ju inte, drar bara till sig uppmärksamhet. Det skulle vara om någon dörr inte är låst. Man kan undra hur det ser ut på baksidan, det verkar finnas en trädgård där.

Det bästa vore såklart om han kunde hålla sig nära och ta henne snabbt och enkelt, när hon är på väg in eller ut. Och göra vadå, mer exakt?

Han tar fram kniven och rånarluvan ur handskfacket och fingrar lite på dem. Spänner fast knivslidan i bandet runt smalbenet, så som Tomas lärt honom.

Alltså, det här uppdraget gillar han faktiskt inte. Det är inte precis som att förvara en batch Venoxin i två veckor för tjugotusen spänn. Det börjar kännas verkligt nu. Han har slagit halvt ihjäl en ung kille, och efter det har han haft svårt att somna om, när han vaknar tidigt på morgonen. Och det var ändå en buse, en kriminell snubbe, som var skyldig pengar, och ville lägga av mitt i ett uppdrag. Man kan tycka att han förtjänade en smäll åtminstone. Nu ska systern oskadliggöras. För vad? För att hon har förstått vad som hänt, kanske bevittnat det?

Det finns små barn här. Utanför dörren står en röd plastbil och en sparkcykel.

Han drar på sig rånarluvan, fäller ner spegeln i solskyddet och betraktar sig själv. River av sig den igen.

Hjärtklappningen sätter in simultant med att minnena blir levande, ögonblick av hans syster i köket, syner som karvat sig in i hans näthinnor, som inbrända. Mammas skrik och lillebror som plötsligt är bakom honom. Han får inte se, absolut inte, så Hussein tar honom i famnen och springer ut, ställer honom bakom hönshuset. Stanna här, säger han och tvingar fram ett leende. Vi leker kurragömma! Tillbaka i köket, och systerns kläder på golvet. Det blänker till i luften när mannen lyfter sin arm.

Tungan klibbar mot gommen. Vem fan är han? Vem är den här fucking killen i spegeln, med rånarluva? Är han en av dem nu?

Och minnena fortsätter komma, de pulserar, uppfyller hans kropp och hans huvud, han drar upp knäna mot bröstet, trycker dem hårt emot sig tills synerna pressas ut ur honom, lite i taget, som en sjukdom, ett gift.

Något senare kan Hussein räta på sig, öppna fönstret och tända en ny cigg. Han försöker dra djupt efter andan, men det känns aldrig som om luften riktigt räcker till.

Han fortsätter att andas djupt, tvingar sig att vänta några sekunder emellan andetagen. Tittar på klockan. Tjugo över tre på eftermiddagen. Han behöver få det här gjort nu, få det ur världen. Hur det ska gå till vet han inte än, han får improvisera. Han smätter iväg cigarettstumpen genom fönstret och slår sig själv hårt på låren. Kom igen nu, för fan, sluta lipa!

Det är mörkt i fönstren, men det säger egentligen ingenting, när det är såhär ljust ute behövs inga lampor, även om man är hemma. Han måste få veta på något annat sätt.

Till slut går han ur bilen, öppnar grinden och tar de få stegen uppför stentrappan. Knackar på den massiva dörren, fem knackningar. Trycker sedan på ringklockan han upptäcker bredvid dörren.

Ingen öppnar. Han väntar en halv minut. Sedan går han, snabbt och utan att se sig om, runt till baksidan, över en halvt igenvuxen stenbeläggning, och kommer in i en ganska stor trädgård som sluttar upp mot skogen. Några höga barrbuskar avgränsar tomten utefter den vänstra sidan, från där han befinner sig. Tre gamla fruktträd slingrar sig åt olika håll. Han konstaterar att han är ensam och vänder sig mot husets fasad.

Vilket vackert hus det är. Längst upp finns en liten utbyggnad, han vet inte riktigt vad en sådan kallas. Där sitter ett fönster som ser ut som en solfjäder. Tänk att sitta där uppe och se ut genom det fönstret, över trädgården, med de höga träden bakom, himlen, när den är så blå som idag.

Nej. Han måste fokusera nu, inte stå här och drömma. Han går tyst närmare huset. Det finns en liten utbyggnad i trä, med en dörr. Dörren ser skruttig ut, lite sned och kortare än han själv är lång. Den har varit brunmålad, men färgen är avskavd och det råa träet skiner igenom. Mycket försiktigt närmar han sig dörren, tittar sig omkring. Ingen är där. Då ser han att den inte är helt stängd. Någon centimeter glipar, och det verkar inte heller finnas något riktigt lås. Kan det vara möjligt att ha en sådan tur?

Hussein sätter fingertopparna i glipan och öppnar dörren några centimeter till. Den är helt olåst! En gammal, kraftig hasp hänger på insidan, men ingen har brytt sig om att haka fast den. Väldigt slarvigt. Är folk inte rädda om sina saker?

Det ilar till i bröstet.

Ska han våga?

Två tjeckiska starköl

Ja. Han måste.

Hastigt öppnar Hussein den lilla bruna dörren och tar ett steg in, drar igen den om sig men låser inte med haspen. Bäst att lämna den som den var. Det är tyst och dunkelt, doftar svagt av gummi. Till höger om honom står några cyklar i olika storlekar. Han trevar sig längre mot huskroppen och befinner sig snart i ett stort utrymme med golv av sten eller betong. Strax bortanför den löper en kraftig trappa upp till övervåningen. Till höger ett stort rum med något som kan vara en oljepanna, och en varmvattenberedare. Rakt fram en vitmålad stenpelare, förmodligen en skorstensstock, och bortanför den, en stor och oerhört stökig tvättstuga.

Han får gömma sig här, till kvällen. Om hon dyker upp, kan han förhoppningsvis märka det på något sätt, kanske lösa problemet. Gör hon inte det, kan han ta sig ut igen, samma väg som han kom, i skydd av mörkret. Ett ögonblick överväger han möjligheterna, och väljer sedan dörren till vänster. Där innanför finns ett litet förråd. På golvet står en drickaback med några flaskor i, ett antal pappkassar med tomflaskor och burkar, några andra påsar med vad som kan vara färg och tapetrullar, och en del annat bråte. På hyllorna matkonserver. Här blir bra, han trycker ner sig själv i hörnet, bakom pantkassarna. Väntar.

Men han är så sjukt törstig. Vad är det i drickabacken där? Där finns visst bara öl. En cola hade varit bättre, men nu är det öl som erbjuds. Han brukar inte dricka alkohol, men det kunde kanske lugna nerverna en aning. Hussein har hört att vissa skyttar sveper en starköl innan, för bättre fokus. Och fokus kan verkligen behövas just nu, det gäller att hålla huvudet kallt när det blir dags. Han plockar upp en glasflaska med tjeckiskt starköl och öppnar kapsylen med tänderna, som kusinen lärt honom. Det smakar inget vidare, lite ljummet och beskt, men det släcker en del av törsten. En till glider ner. Strax känner han sig lite lugnare. Ganska sömnig också, faktiskt. Inte så konstigt med tanke på hur dåligt han sovit.

Ett hyfsat trevligt litet utrymme det här ändå, tänker han nu, där han sitter och lutar huvudet mot väggen. Lite starkt ljus från lampan bara. Han reser sig upp till stående och trycker på strömbrytaren. Det blir väldigt svart i förrådet. Han tappar balansen, det var helvete vad vingligt allt blev! Han brakar ner mellan kassarna så det prasslar och dunkar till upprepade gånger, när petflaskorna trycks ihop och sedan bågnar ut igen. Fuck! Vad fan händer? Han håller andan, har någon hört? Men ingenting, allt är stilla. Hussein skrattar till för sig själv därinne, vilken konstig dag det här blev. Det hade han inte kunnat gissa imorse, att han skulle sitta och dricka öl i främmande människors källare. Ironiskt nog känner han sig lugnare än han gjort på ett bra tag. Det här huset är ett skönt ställer att vara på. Det luktar på ett särskilt sätt, trä, nästan som en bastu. Rena kläder. Mat. Doften påminner om något, men för väldigt länge sedan. Han måste bara samla sina tankar ett ögonblick, lutar huvudet mot väggen och sluter ögonen.

Hussein är plötsligt vaken.

Det är mörkt, han hör ett ljud. Var är han? Han får fram telefonen ur fickan på sin jacka och lyser omkring sig. Just det, så var det ju. Herregud, han har sovit i flera timmar! Hur gick det till? Han känner efter, är han okej? Jo, faktiskt piggare, men känner sig lite tung i huvudet.

Det knakar utanför, någon är där. Han måste ta tillfället i akt, det kan vara Jonna. Om det är hon, måste han lokalisera henne och göra upp en plan för hur han ska kunna hantera situationen. Han får inte avslöja sig i förväg.

Han reser sig snabbt, svajar till men lyckas hålla balansen den här gången, öppnar dörren till förrådet en liten aning och tittar försiktigt ut. Det är dunkelt och tyst, sedan knakar det till igen, ovanför honom. Det är trappan, någon har just gått uppför den. Han ser ingen här nere, inga skuggor, inga rörelser. Dörren till tvättstugan är öppen, men det går att ställa sig bakom den och kika in genom springan som bildas mellan väggen och dörrens fäste. Han lyssnar, och nu hörs det ljud där inifrån, från tvätten. Det prasslar lite, någon andas. Snyftar, fnissar?

I springan, i det svaga ljuset från källarfönstret, avtecknar sig några former. Tvätt från ställningar. Högar, påsar. Och en person, en kvinna, hon flyttar sig lite runt omkring, ordnar och grejar med något hon har i händerna. Han ser inte hennes ansikte men det måste vara Jonna. I ett hus av den här storleken sover inte några ordinarie bostadsgäster i tvättstugan.

Hussein drar upp kniven, föser dörren något ifrån sig, för att komma fram från sitt gömställe.

Men något går snett.

Vänsterfoten vill inte riktigt lyda, den släpar, skrapar till en aning i golvets underlag. Det är inte något högt ljud som bildas, men det räcker.

Det blir knäpptyst i tvättstugan. Han kan inte längre urskilja några andetag. Det enda han hör är hans egna bultande hjärtslag. Fan!

Han väntar kvar bakom dörren. Det knäpper och låter i hus, det vet hon säkert. Snart lugnar hon sig nog, tänker att det var ett sådant ljud, att det var falskt alarm. Han blundar och fokuserar på att vara fullkomligt stilla och tyst.

Men plötsligt händer något helt oväntat.

Något hårt och kallt trycks mot hans tinning, samtidigt som en hand griper om hans hals. En kvinnas röst väser:

"Släpp kniven eller jag skjuter skallen av dig!"

Sedan ett metalliskt klickande ljud, som från ett handeldvapen som osäkras.

Hundra tankar rusar genom Husseins huvud. Tankar på syskon, hemlandet, den solbrända jorden, dofterna från de stora grytorna, sedan detta hus, tvätthögarna, cyklarna, den röda plastbilen utanför. Det här är ett hem, här finns liv. Hon är vid liv, hennes hand runt hans hals är varm. Där inne slår hans puls, snabbt och hårt. Än så länge lever de, båda två.

Hussein släpper kniven, den landar på hans vita basketsko och glider sedan ner på stengolvet med ett svagt klingande ljud.

"Jag gör inget", får han fram, kvävt. "Walla, jag svär, skjut inte! Det här var en miss, jag ville inte..."

Hon släpper något på greppet runt halsen, men trycker istället pistolmynningen ännu lite hårdare mot tinningen.

"Jag känner igen dig", väser hon fram mellan sammanbitna käkar. "Var det inte du som nästan slog ihjäl min bror?"

Hussein får inte fram något först. Han har börjat svettas.

"Jag var tvungen."

Ingenting händer. Trycker är ilsket, borrar sig in i huden. Och så kommer tårarna. Helvete, han gråter.

"Jag ska sluta! Jag vill inte göra det här...snälla, låt mig leva, jag ska inte jobba för honom mer, jag svär."

"Tror du, va?" Hennes röst är viskande, föraktfull.

"Tror du någon bara kan sluta jobba för Tomas Berglund? Vad tror du min bror har försökt med i över ett års tid? Fattar du inte? Sorry, men du är fast."

Hussein snyftar tyst. Han vill inte dö. Han vill inte döda. Han vill inte!

"På ett villkor", säger hon plötsligt. "Jag låter dig leva, på ett villkor."

"Vad? Säg!"

Hon stirrar honom in i ögonen på mycket nära håll.

"Du berättar för mig var Isen, alltså Tomas Berglund, finns. Var jag kan hitta honom. Någon jag känner här i huset ringer polisen och säger att dom har hittat en inbrottstjuv i sin källare. Ingen vet vad du har gjort, eller vad du har tänkt göra. Du åker säkert in för inbrottet men du lär ju komma ut igen snart. Under tiden ser jag till att Tomas åker fast. Sen, när du kommer ut igen, gör du nåt vettigt av ditt liv istället för att svansa efter psykopater. Då är du fri. Jag med, och min bror."

Han möter hennes blick.

"Du? Ska *du* sätta fast Isen?"

"Tror du mig inte?"

Pistolen mot tinningen, hennes benhårda ögon under luggen, greppet som återigen hårdnar om halsen.

"Okej okej, släpp för fan. Du kan ju testa. Men jag säger dig, walla, akta dig."

"Oroa dig inte för mig. Så? Var finns han?"

Hussein kniper ihop ögonen. Fan, han vågar inget annat.

"Backaplan, bredvid den där färgaffären. Samma uppgång som stället där dom lagar telefoner och sånt. Man går rakt fram efter första trappan. Jag kan inte adressen men det har vart typ en bosnisk förening där eller nåt. Han sover på nån gammal soffa där."

"Vilka tider är han där?"

"Det är olika men han vaknar vid tio kanske, eller senare. Man får inte ringa han innan dess, han har sömnproblem. När vi jobbar, vi brukar träffas där vid elva, tolv, och sen vi planerar vad vi ska göra. Ibland går han och köper mat. Take away. Han gillar inte restauranger och sånt, inga ställen där det är mycket folk. Så vi äter hos honom och sen vi drar ut och...jobbar."

Hon nickar.

"Så när går han ut? Det är det jag behöver veta."

"Jag skulle satsa på ett...ish."

Utan att släppa pistolen, tar denna märkliga kvinna fram sin telefon och skriver något på den.

Strax därpå hör Hussein ljudet av steg på övervåningen, och ytterligare några sekunder senare tänds ljuset och en person visar sig längre upp i trappan. Hussein blir bländad av ljuset från lampan som når ner till dem där de står utanför dörren till tvättstugan, det är svårt att se hans ansikte. Men det är en ung kille, kanske i Husseins egen ålder, och han böjer ner huvudet mot dem.

"Ja?" viskar han.

"Du kan ringa polisen nu", viskar Jonna tillbaka. "Säg bara adressen och att du har en inbrottstjuv här, lägg på och kom tillbaka så får du veta resten."

Killen nickar kort och försvinner. Hans röst hörs ganska bra genom ett galler i skorstensstocken. Han låter kanske lite väl lugn för att just ha ertappat och övermannat en brottsling i sitt hem, men tydligen är samtalet framgångsrikt, för han avslutar strax med:

"Okej, tack. Jag väntar här."

Snart återvänder killen till trappan, men håller sig på behörigt avstånd, på de översta stegen.

"Bra jobbat", säger hon. "Och sen tar du över min position."

"Jag?" Killen låter inte övertygad.

"Ja, du. Det är ingen fara, det är en Desert Eagle, bra grejer. Laddad och skjutklar. Bråkar han det minsta lilla så trycker du här bara."

Hon viftar med pekfingret alldeles intill avtryckaren.

"Ja, ja", väser Hussein. "Jag ska inte bråka, jag svär på min mamma!"

"Och du", viskar hon, nu vänd mot Hussein, "jag har aldrig varit här. Du tog dig in genom källardörren, som var olåst, för att du behövde nåt, vad får du hitta på själv. Zack här hittade dig.

"Och de kommer tro på det?" Hussein är skeptisk.

"Varför inte?"

"En unge på ett sånt här svenneställe? Med en Desert Eagle hemma?"

Det blir tyst i ett par sekunder och Jonna och Zack utväxlar en blick. Det ser nästan ut som om något är roligt, men Hussein kan inte för sitt liv förstå vad det skulle vara.

"Det behöver du inte bry dig om", viskar Jonna med eftertryck.

"Bara en sak?" Zack ser orolig ut.

"Ja?"

"Måste han säga att källardörren var olåst? Vi kommer få så mycket skit för det, jag och mina syskon, de kommer byta lås och sen blir det ingen semester..."

"Jaha, nej då tog du dig in med kniven här", säger Jonna och plockar upp den från golvet i knivbladet, tar sedan om skaftet med tröjärmen och torkar av bladet mot jeansen. Hon spänner ögonen i Hussein. "Man kan fixa upp haspen med en kniv utifrån nämligen. Men det ska du aldrig göra, i hela ditt liv. Har du förstått?"

"Nej, nej, jag ska inte."

"Japp, då kommer du ner och tar över här, Zack."

Killen går osäkert nerför de sista trappstegen. Ett av dem knakar till. Han tar motvilligt vapnet och håller det fortsatt tryckt mot Husseins tinning.

"Så", viskar Jonna. "Nu kan du ropa på dina föräldrar."

Killen, som heter Zack, drar efter andan och ropar, medan Jonna försvinner in i tvättstugan igen och hoppar ner under högar av tvätt. Strax hörs nya steg och oroliga röster.

Hussein vet inte vad han ska tro. Men en sak vet han, och det är att det är bäst att göra precis som de här människorna säger. De är ju obviously fucking crazy.

Tjejen i den röda kappan

"Vafan?"

Tomas stirrar på den storvuxne mannen framför sig, iklädd för trång kavaj, som nu slagit sig ner i den slitna rosa skinnsoffan i lokalen vid Backaplan. Tomas har precis tänkt hälla upp kaffe till dem, men blir stående med kannan i handen.

"Åkt fast? Hur då?"

Mannen, en tidigare boxare och fiskrensare från Bohuslän vid namn Laszlo Stanovic, brukar veta vad han pratar om. Han svarar kort:

"Inbrott."

"Men vad i helvete? Han hade *ett* jobb! Ett jävligt viktigt jobb. Ska han springa runt och göra massa småskit på egen hand då? Och åka fast? Vadå, betalar jag inte han tillräckligt eller? Alltså, golar han slår jag ihjäl han!"

"Hade han sagt nåt så hade nog snuten varit här redan."

Tomas svarar inte på detta.

"Jävla skitunge!" utropar han, oväntat högt, så det ekar i den nästan tomma lokalen.

Laszlo tänker på sin yngre bror, Ted, som själv åkt in på ett halvår, just för ett jobb Tomas gett honom, medan uppdragsgivaren själv naturligtvis fortfarande går fri. Laszlo kommer aldrig förlåta Tomas för detta. Men han känner honom, vet att det inte är någon som helst idé att argumentera just nu. Han nickar bara bekymrat och håller med, lite tystlåtet.

"Ja. Skitunge."

"Så jävla oproffsigt också!"

"Jo. Han är ju typ arton bast."

"Jag skiter väl i hur gammal han är!" gapar Tomas, så att det skär i Laszlos öron. "Jobbar man för mig så jobbar man för mig, då håller man sig till det och lägger ner allt annat. Det borde han ha koll på. Och det borde du med!"

Han spänner ögonen i Laszlo, men denne avleder smidigt genom att hålla upp sin mugg mot Tomas, som nästan automatiskt häller upp kaffe och kommer av sig en.

"Skitunge", muttrar han igen, medan han tungt kastar sig i fåtöljen, även den i samma rosa skinn. Det är ett hål strax nedanför vänster armstöd och en bra bit av stoppningen är urgröpt. Det är Tomas själv som är ansvarig för detta och nu börjat handen rastlöst pilla i hålet igen.

"Vad händer om inte jobbet blir gjort?" undrar Laszlo försiktigt.

Tomas svarar inte genast, ser ut genom fönstret. Högerbenet rycker oupphörligen. Det är mulet idag, kanske ska det börja regna. Fönstren är sjukt smutsiga också. Vilket ställe han bor på, knappt värdigt en hemlös ju. Vad är det för mening med att ha tjänat ihop sin första miljon om man ska bo i en sån här dump? Egentligen borde han väl dra någonstans bara. Monaco är fint, eller Caymanöarna, Bermuda, där slipper man betala massa jävla skatt också. Särskilt om det nu är på väg att skita sig. Innan det är för sent. Gängen kommer ändå inte låta honom hållas länge till. Han har skaffat sin egen nisch, ny och oprövad. Venoxinet har sålt bättre än han kunnat föreställa sig, och det är ju liksom själva poängen. Men det är ironiskt nog hans största problem, för resten av branschen kommer snart vara efter honom som ett gäng galna bandhundar. Han vill inte ha med dem att göra, vill köra solo, göra sin grej bara. Men det kommer han inte få fortsätta med i längden, det är han plågsamt medveten om. Nej, lika bra att dra nånstans. Tomas har alltid fejkpasset med sig i jackans innerficka, oftast ihop med vapnet. Stålar har han så det räcker i något år eller två, tills han fått igång en ny verksamhet. Han kan boka en biljett när som helst, vart som helst. Först behöver han bara se till att de där syskonen är ur vägen.

Laszlo stirrar så väldigt på honom. Vad glor han på egentligen? Just det, han har visst ställt en fråga.

"Va sa du?"

"Jo, vad händer nu, då?"

"Ja, du, vad händer nu?"

Tomas pillar ut lite mer stoppning ur fåtöljen, fäster blicken på Laszlo medan han tänker. Vilken bred näsa han har.

"Ja, alltså, jag vet inte exakt vad tjejen har sett. Jonathans syrra. Men hon kände igen oss, mig och Hussein när vi körde förbi. Snackar hon så kan det vara kört. Dom har lite smågrejer på mig redan, misstänker säkert större grejer utan att ha bevis. Än. Och det med Jonathan lär de ju använda sig av, dom lägger väl ihop för att få så lång tid på mig som de bara kan. Dom jävlarna. Hon måste bort bara."

Laszlo tar en djup klunk av kaffet.

"Önskar jag kunde hjälpa dig på nåt sätt. Men jag är för blödig för såna jobb, det vet du"

"No shit. Dom flesta är ju det."

Tomas pillar vidare i fåtöljhålet. Jonathan är han egentligen inte särskilt orolig för. Han är dumsnäll, har svårt att få tummen ur. Nu vet han vad som gäller också. Kanske snackar han lite men så länge ingen annan också gör det, är det ord mot ord. Jonte är inget vidare på att prata för sig, och Tomas kan ljuga och blåneka med vilopuls.

Nej, det är Jonna som är utmaningen. Det är en jävligt lurig brud, hal och oberäknelig, det känner Tomas på sig. Hon vill försvara sin brorsa och kan säkert ställa till med en massa skit för att sätta dit Tomas. Inget fel i det egentligen, kan han tycka. Det hade väl inte varit fel att ha någon som ville försvara sig. Men det passar dåligt in i den här ekvationen.

Tomas reser sig plötsligt, kliver i sina Jordans och lyfter ner jackan från kroken. Han är irriterad. Nu måste han köra BMW:n också, det är direkt olämpligt! Den är inte skriven på honom, så polisen ska väl inte reagera, men den drar allmänt till sig för många blickar. Finbilen är inte till för fuljobb, helt enkelt. Var Hussein har gjort av Toyotan är oklart. Den kan mycket väl vara beslagtagen. Skitunge.

Laszlo kommer lite klumpigt upp på sina stockar till ben.

"Vart ska vi?"

"Ja, vad fan tror du? Jag får göra jobbet själv helt enkelt."

Laszlo följer honom så gott han nu kan, kaffet får han lämna. Senast han jobbade nära Tomas hade han fått börja knapra Novalucol, som om de var halstabletter. Aldrig fick man göra nåt i sin egen takt, kastades hit och dit efter Tomas ingivelser, avbröts mitt i måltider, fick dyka huvudstupa in i olika trappuppgångar, plötsligt ändra planer, ta märkliga vägar med bilen och parkera på bakgator. Och alla dessa spända möten, som när som helst kunde urarta, i hot, slagsmål och någon gång till och med skottlossning. Så nu är det väl dags igen då. Han får nog börja med pulsträning också, Tomas är snabb i trappan, tar långa, smidiga steg över asfalten. Men Tomas vill absolut inte gå över parkeringen, så han går runt till baksidan medan Laszlo får bilnycklarna för att hämta BMW:n och köra fram den, som en annan butler.

Han är bra att ha, Tomas, på avstånd. Betalar ordentligt och hittar mycket jobb. Men jävlar vad hyper han är på nära håll, och paranoid. Kanske måste man vara som han, för att orka med den här branschen? På tå, oberäknelig och helt hänsynslös. Men har det inte blivit värre än nånsin? Laszlo har även tidigare undrat hur många av hoten som bara existerar i Tomas eget huvud. Nu, det här med systern, är det inte helt överdrivet alltihop? Att hålla på och jaga efter henne är inget Laszlo är intresserad av. Själv hade han hellre bara langat, det är mycket softare, särskilt nu när han har dam också, man kan lägga upp sina tider mer fritt.

Det sitter en tjej på en bänk intill parkeringen. Hon möter hans blick helt kort när han går förbi. Rätt snygg, på det klassiska, propra sättet. Nötbrunt hår, lite vågigt, röd kappa, dubbelknäppt. Han ler sitt stiligaste leende och hon nickar och ler lite tillbaka. Jaså, där ser man? Kanske är han inte helt passé på marknaden ändå, när allt kommer omkring? Inte för att han ska byta brud, men en liten flört skadar ju aldrig.

Laszlo håller in magen, knäpper kavajen som spänner åt en aning, och visslar högt för sig själv, hoppar med något yviga rörelser in i den enorma, blänkande BMW:n i oxblodsrött, och är just nu ganska nöjd att det är han som fått denna uppgift. Han slänger ett öga i backspegeln och kan notera att hon tittar åt hans håll, och strax därpå bättrar på läppstiftet i en fickspegel. Han rivstartar men ångrar sig genast, tjejer av den här sorten ogillar skryt, överdrifter och machofasoner. Så han kör långsamt förbi henne, höjer chevalereskt en ursäktande hand och rullar lugnt och fint runt huset för att plocka upp Tomas. Denne är redan rastlös.

"Hur lång tid ska det ta att hämta en fucking bil då?" muttrar han.

"Det var en snygg tjej", säger Laszlo, lutar sig något mot Tomas med ena ögonbrynet höjt.

Han vet att detta kan mildra, men det kan också irritera. Tomas har ett komplicerat förhållande till kvinnor. Denne kallhamrade unge man är nämligen extremt blyg för tjejer, bland annat på grund av sin ljusa röst, men också, misstänker Laszlo personligen, som en följd av barndomsupplevelser. Tyvärr leder detta också till att han är för påstridig och hårdhänt med damerna när de väl kommer inom räckhåll, och sen blir han förbannad efteråt, för att det blir fel. Ibland på sig själv, ibland på dem. Ingen bra egenskap. Han borde ta det lite lugnt, bjuda på treрätters, spa och champagne, han har ju liksom råd med det. Låta saker ha sin gång bara. Prata och noja mindre, betala och massera mer. Chilla på det, helt enkelt. Det har han sagt till Tomas, som nog inte visste om han skulle bli förbannad eller uppskatta rådet. Men det hade faktiskt landat i det senare. Dessvärre hade det inte lyckats ändå, så här långt. Den senaste dejten hade velat snacka en massa och Tomas ösande av champagne hade inte hjälpt ett dugg. Just barndomen hade varit extra viktig för henne och Tomas hade blivit stressad och trängd och tydligen skrikit nåt i stil med: "Ska vi knulla eller ska du gå hem?" På vilket man ju kan gissa vad hon hade svarat.

Nu blir Tomas faktiskt inte sur, utan ser sig nyfiket om efter vem Laszlo syftar på, som därför nickar i hennes riktning.

Då blir Tomas helt stel. Inte ett ljud kommer ur hans öppna mun och handen han höjer darrar lätt.

"Alltså *så* himla snygg är hon kanske inte..." börjar Laszlo men avbryter sig. "Jävlar! Är det henne vi letar efter?"

Tomas sänker handen och nickar stumt.

"Stopp!" Han lägger handen på ratten. "Vänta här. Vi måste kolla vad hon gör. Hur i helvete kan man ha sån tur?"

Tomas irritation är som bortblåst. Han är superfokuserad, klar i blicken, lugn i benen.

"Fortsätt, lite närmare. Stanna!"

Tjejen sitter med ryggen mot dem, men verkar fortfarande se sig i spegeln.

Sedan reser hon sig upp och börjar långsamt gå bort från byggnaden.

De följer efter i bilen, lite i taget, stannar till på en parkeringsficka ut efter gatan, för att inte bromsa upp trafiken. Avvaktar åt vilket håll hon är på väg. Kör en bit, stannar till, väntar igen.

"Hon går mot hållplatsen", säger Tomas. "Fan också, jag måste loosa bilen. Jag tappar henne annars. Ha ljudet på, jag ringer så kommer du dit jag säger."

Tomas inväntar inte ens svar, hoppar snabbt ur bilen och börjar följa efter tjejen i den röda kappan. Laszlo ser dem bli mindre och mindre, sammanblandas med de strövande söndagsshopparna.

Sedan parkerar Laszlo utanför den större gallerian på andra sidan gatan. En paus, äntligen! Detta kommer ta lite tid, så han släntrar in på det inglasade caféet och köper en ny kaffe och unnar sig även en kladdkaka med mycket vispgrädde, slår sig ner på andra våningen med utsikt över området. Mest ser man förstås parkeringar, och platta, lådliknande affärskomplex, men ändå, lite lugn och ro.

Han tar några tacksamma, djupa klunkar av kaffet och spanar bort mot myllret vid hållplatsen. Ja, titta, där står hon, i rött, utanför Pressbyrån. Tomas syns inte till, han är bra på att skugga och själv vara osynlig. Dessutom ser han ju så alldaglig ut. Tanig, särskilt från midjan och ner, av medellängd, obestämbar ålder och råttfärgat hår, ansiktsdrag utan någon särskild karaktär. Han kan passera för vem som helst. Så länge han håller tyst vill säga.

Laszlo vet inte riktigt vad han ska hoppas på. Om Tomas hinner ikapp henne går verksamheten förhoppningsvis säker ett tag till och Laszlo kan fortsätta att dra in en rejäl lön den vägen. Det är en jävla massa pengar i Venoxinbranschen, när folk väl testat är de är som galna efter mer. Det är läskigt faktiskt, drogen kraschar rakt in i dem, rensar ut allt annat och lämnar dem med en obehaglig vibb. Liksom leende, men samtidigt...tomma.

Men snart kommer väl de stora knarkbossarna ta sig in på den marknaden också, och då är ju Isen ändå körd, och så får de byta tillbaka till vanliga grejer, cannabis och sådant, och konkurrera med alla andra. Inga vidare pengar i det. Eller också får Laszlo själv byta arbetsgivare. Kanske skaffa ett vanligt jobb helt enkelt? Det kan finnas en öppning som fiskrensare, det är något han kan. Rik blir man inte, men man slipper den här skiten. Slipper Novalucol.

Men Tomas blir nojig när någon vill lämna, och nu är han mer instabil än någonsin. Laszlo vet inte om han vågar. Han tar ännu en klunk av kaffet och ser efter henne, där hon står vid hållplatsen, med händerna i den röda kappans fickor. Stackars flicka, hon vet inte vad som väntar.

För om Isen får tag på henne. Ja, fy fan, det blir inte vackert.

En händelse som ser ut som en tanke

Femmans spårvagn är idag av den äldre modellen. Tomas tycker inte om gamla saker, de ger honom en lätt ångest, ett äckel, en känsla av fattigdom. Han avskyr även kollektivtrafik rent generellt. Hopträngd med främmande människor, utan att själv kunna styra fordonet, känner han sig instängd, kontrollerad, befriad från handlingsutrymme. Den här gamla varianten låter också illa, ett dissonant skärande ljud vid inbromsning. Skitvagn! Hur kan människor välja att resa såhär varje dag? Obegripligt.

Han ser sig hastigt om när han går uppför trappstegen och placerar sina Jordans på det räfflade metallgolvet. På sådana här ställen finns även alltid människor han inte vill träffa, av alla sorter. Han har åtminstone appen nedladdad så att han kan betala för sig. Han har inte råd med någon som helst uppmärksamhet, och verkligen inte tid att åka fast i biljettkontroll.

Jonna har gått in i främre dörren, han har följaktligen valt den bakre. Hon sitter först på ett av sätena längst fram, men reser sig när det kommer in en gammal man, och erbjuder honom sin plats. Såklart. Prettokärring.

Tomas har huvan uppe och hörlurarna på. Det är ingen musik i dem, de är bara där för att han inte ska behöva svara om någon tilltalar honom. Det finns inga lediga platser så han står och lutar sig mot fönstret i det lilla utrymmet, försöker hålla sig så långt ifrån de andra passagerarna som möjligt. De skakar fram, långsammare än han hade kunnat springa, över bron, ner i centrum, upp mot Avenyn. Vid ett tillfälle vänder hon sig om, och han får för sig att hon tittar på honom, men det hela går mycket snabbt. Hon sitter kvar, och det händer inte igen. Säkert har han inbillat sig.

Någonting är ändå jävligt skumt. Den han söker dyker mirakulöst upp, just när han bestämmer sig för att leta efter henne. Tomas har läst uttrycket en gång: *En händelse som ser ut som en tanke.* När något händer som är så otroligt att man tror att man själv tänkt ut det. Fast det har hänt. Precis så är det. Vad är haken? Har hon i själva verket sökt efter honom? Men hur har hon i så fall fått reda på var han är? Har hon varit i kontakt med polisen? Men hade de vetat, hade han väl redan fått besök? Hussein kan väl inte ligga bakom, han har ju varit ute och cyklat på annat håll och sitter nu i häktet. Oavsett hur detta hänger ihop, kan han inte försitta chansen. Det gäller bara att vara oerhört vaksam.

Tomas har bara tagit en väldigt låg dos V idag, för fokus och snabbhet. Han har några små frimärken kvar, som han brukade bjuda småkidsen på i början, ett sånt har han tuggat på en stund, och det har gett önskad effekt. Han har inte råd med någon ordentlig high, måste vara med i matchen till hundratio procent.

Det är fortfarande molnigt men här och var spricker det upp nu, solen skiner stundvis starkt på fasader och planteringar. Våren är vacker, på sitt sätt, det luktar gott, det får han tillstå. Men det är ett jävla kvittrande hela tiden, småfåglar som riktigt skriker i varenda buske, insekter, och så förbannat starkt ljus. Han skulle tagit med solbrillorna, både för ljuset och för att inte bli igenkänd. Tur att han ser så vanlig ut. Så länge han slipper prata med någon, så. Det är alltid rösten som avslöjar honom, den evinnerliga, jävla piprösten.

Vid sexton års ålder hade han kontaktat en vårdcentral men läkaren hade skrattat åt honom.

"Det är inget fel på din röst, du har bara inte kommit in i målbrottet än, min herre", hade han sagt och gett Tomas en uppmuntrande klapp i ryggen. "Ha lite tålamod, grabben, det kommer."

Som han avskydde plötsliga klappar från främlingar. Och det var inte alls puberteten som varit försenad, den hade kommit tidigt. Nej, det var visst något fel på hans röst, och det är det fortfarande. Troligtvis har han ett ovanligt kort och smalt stämband. Tänk om någon kunde förstå hur mycket kraft som krävs för att kompensera för något sådant, i den här branschen alldeles särskilt. Men kanske går det att operera nu, när han har pengarna? I Turkiet, där går det visst att fixa både det ena och det andra om man bara kan betala för sig.

Tjejen i den röda kappan går inte av, hon hittar istället strax en plats på vänstra sidan, vid fönstret. Andra passagerare lämnar vagnen, nya kommer ombord, de byter plats med varandra i en ryckig ström. Men hon sitter kvar där hon sitter.

Och till slut är de framme vid ändhållplatsen.

De återstående resenärerna reser sig, och Tomas väntar till sist, låtsas fixa med sina lurar.

Jonna kliver av, utan att göra sig någon brådska, och Tomas ser genom fönstret att hon tar av åt vänster. Han följer efter, men väntar och ger henne ett försprång. Långsamt korsar hon gatan vid övergångsstället, vandrar upp för allén med de kraftiga lövträden och Tomas följer henne på motsatta sidan, tjugo meter efter.

Ska hon gå hem till någon? Men vem skulle det vara, för visst är hon en ovanligt ensam och blyg människa? Möjligen kan hon vara på väg att besöka Jonathan på sjukhuset? Fast det är en bra bit härifrån. Kanske ska hon ta sig till det där huset där hon vuxit upp, där Hussein skulle leta? Det ska visst ligga här, i Kålltorp.

Hus. Hussein. Inbrott? Nej, tänk om…? Har han brutit sig in *där*, för att oskadliggöra henne? Och blivit tagen för en simpel inbrottstjuv? Så kan det faktiskt vara. Tur för honom i så fall, att han inte avslöjat sitt riktiga ärende. Att han inte avslöjat Tomas. För han har väl inte det?

Strax intill en park som öppnar sig i slutet av gatan, tar hon av till höger. Upp mellan en gammal, mörkt grönmålad träbyggnad och skogskanten ringlar sig en grusväg, som hon följer. Tomas tvekar. Nu börjar det bli lurigt. Om hon skulle vända sig om i det här läget, och känna igen honom från spårvagnen, kan hans närvaro knappast längre försvaras med slumpen. Hon skulle kunna börja föra oväsen, och här finns fortfarande andra som kan höra. Tomas väljer att vänta ytterligare och sedan hålla sig vid sidan av gångvägen, ner till höger. Han korsar en grusplan, förbi några illa åtgångna träläktare, täckta av plåttak, där någon orutinerad övat graffiti. Han håller sig just på det avstånd att han ännu kan se hennes röda ryggtavla röra sig i fjärran. Längre och längre in mot skogen går hon.

På många sätt ett drömscenario.

Men han behöver komma lite närmare nu, så han inte tappar henne i en krök. När hon precis försvunnit utom synhåll, gör han en rusning, men som om han tränade intervall. Låtsas se på klockan och andas med trutande mun, sådär som amatörmotionärer gör när de tar sin träning på lite för stort allvar.

Just som han kommit runt kröken, ser han henne igen. Hon rör sig regelbundet, ständigt i samma jämna, ganska långsamma hastighet, och utan att se sig om. Det gör henne ovanligt lätt att följa. Någon gång ser hon ut att använda sin telefon till något, och att bättra på läppstiftet i fickspegeln.

Kanske ska hon träffa någon, trots allt. Kan det vara romantik på gång? Det är hur som helst mycket viktigt att hålla uppsikt över andra möjliga aktörer.

Han meddelar Laszlo via sms: *Stranden vid Härlanda tjärn, snabbt. Tanka om det är tomt. När jag kommer drar vi till Landvetter.*

Sedan kommer Tomas förbi vägskälet, där stigen delar sig. Längre fram ser han henne, hon har tagit höger. Efter några hundra meter kommer de in på en raksträcka och är plötsligt ensamma. På vänster sida är skogen tät av mossar bevuxna med sly, längre bort anar han tjärnen. Till höger höjer sig marken till en höjd med barrskog. Ingen promenerar, ingen löptränar, ingen rastar hund här, just nu. Det är bara han, och hon, på den här öde skogsstigen. Jägaren och hans byte. Pistolen är där den ska, i jackans vänstra innerficka. Kniven utefter smalbenet. Ska han rusa? Övermanna henne bakifrån, kasta sig in med henne i snåren på höger sida om stigen? Först lägga ett snabbt snitt över halsen, och bara om det är nödvändigt, använda vapnet. Helst ska det ske helt ljudlöst.

Han böjer sig ner, drar upp kniven och låter skaftet vila fast och vant i handflatan.

Nu. Nu gör han det.

Då anar Tomas något i synfältet framför sig, något som stör bilden, i närheten av kvinnan. Helvete. En cyklist rullar förbi henne, med huvudet vänt i hennes riktning. Mitt emellan Tomas och Jonna stannar cyklisten, sätter ner fötterna i marken. Vänder sig om efter henne.

Tomas grepp om kniven hårdnar, lite till.

Alla dessa meddelanden

Zack hade gett henne en tygpåse. I den hade han lagt ner ett antal saker, förutom laddaren. Leksakspistolen hade känts autentisk, tung. Och en bok, med en lapp. Det tog henne en stund att lista ut hur han tänkt, men då blev hon förvånad. Han hade resonerat som en forskare. Hon: bytet, hennes fiender: jägarna. Flyktbeteenden, försvar och undanmanövrar. Som om de varit djur på en savann, i ett hav, eller en djungel. Hon hade sett ner på sina ben, sina händer och armar. Känt sina andetag i bröstet.

På sätt och vis har han ju rätt. De är ju djur.

Men så avbryter hon sig för att ladda telefonen.

Och så: meddelanden, alla dessa meddelanden! Skriftliga, och intalade på svararen.

Hur är det möjligt? Nathalie. Hatar inte hon Jonna? Men nej, det gör hon tydligen inte, för hon har ringt samtal på samtal, trettiofyra stycken, skickat mängder av korta, kärnfulla sms:

"Kom hem din kossa, ja kan inte sova."

"Var e du? Vi är ju nästan 50 pers som letar efter dig!"

"Kronofogden skicka men ja har betalat så d ska funka å ringa. Eller bara komma hem???"

"Jävla drama queen, kom hem säger ja!"

Pierre har ringt tjugotre gånger, skrivit meddelanden, långa som brev.

"Jag visste att det var du. När du hade den röda kappan och du ville att jag skulle se den. Och när du satt i mitt knä och jag bara babblade om mig själv, när vi tramsade med duvorna, när jag sa de där idiotiska sakerna, och du blev ledsen, fast du inte visade det. Då visste jag det så det gjorde ont. Och när jag stod på min balkong och såg solen gå ner så visste jag vad jag måste göra, skicka ut Sara med huvudet först. Men nu är du borta. Jag skulle hugga av min högra hand för att ha dig här."

Jonna läser det om och om igen. Ser tummen, ärret över den. Känner hur hon stryker där, följer den ljusa linjen med fingertoppen.

Så tänker hon på Adam, och för första gången på mycket länge tränger hon inte genast undan tanken. Pierre och Adam. Det finns ett släktskap, visst gör det? De känns åtminstone på samma sätt i hennes kropp.

Men den allra mest otippade: Valentin, som återuppstånden.

"Jonna, skärp dig nu. Du kan inte lösa detta själv. Inte detta också. Du måste lära dig be om hjälp! Du är en vuxen kvinna nu, du borde faktiskt veta bättre. Be mig om vad som helst, jag gör det. Vad som helst!"

Alla andades de samma obegripliga, men uppenbara, innebörd.

Förlåt. Jag saknar dig. Låt mig hjälpa dig.

Men just när hon läst igenom alltihop, hade jordens märkligaste händelser utspelat sig i Päronhusets källare. Stärkt av stunden hade hon med hjärtat i halsgropen, men med övertygelse, kunnat gå in i rollen som den livsfarliga, kvinnliga agenten, och lurat brallorna av den vilsne gossen. Han som slagit halvt ihjäl hennes bror, som andra före honom, totalt fast i Isens förbannelse.

Men nu gäller det. Den här dagen krävs något alldeles extra för att åstadkomma det hon föresatt sig. För att luras. Överlista.

Kanske även överleva?

Men det är faktiskt underordnat.

Hon har sovit, förberett sig minutiöst, vidtagit åtgärder. Kniven hade egentligen kunnat komma väl till pass. Men hon får inte ertappas beväpnad, då kan hela planen gå om intet.

Under morgonen har hon också vandrat hela vägen till Evin i kaffestugan, värmt sig och druckit två koppar kaffe, för skärpan. Gått på toaletten och fått med sig ytterligare tre lussebullar från frysen. Idag kände Evin igen henne.

"De letar efter dig", sa hon tyst, med ögonen fästa på Jonna, medan hon la ner bullarna, en efter en, i en brun papperspåse. "Ska jag ringa någon?"

Men Jonna skakade bara på huvudet och sedan log Evin ett ovanligt stort och oväntat leende och Jonna började nästan skratta, utan att hon visste varför. Bullarna ligger nu i väskan och verkar ha tinat. Hon äter en av dem. Sedan ringer hon Jonathan.

"Jonna! Var är du?"

"På väg någonstans. Hur mår du?"

"Skit i det! Hur är det med dig, är du okej? Fan, jag har varit
så orolig…du ska inte vara ute och ränna, vad ska du göra?"

"Jag ska fixa en sak. Oroa dig inte för mig. Jag vill veta hur
du mår, var är du?"

"Utanför Strömstad. Jag är mycket bättre, kan gå lite och så.
Skita också, det är bra, haha."

"Vad gör du i Strömstad?"

"Vet du vad som hände? Laszlo ringde, Teds bror."

"Va?"

"Ja, fattar du? Har inte träffat honom på evigheter. Jag
trodde han var med Tomas, så först vågade jag inte svara. Då
skickade han en screenshot på en konversation han haft med
Tomas, bara för att jag skulle tro honom."

"Vad ville han då?"

"Han sa att Tomas var ute efter mig, och att han ville hjälpa
mig. Alltså Laszlo."

"Oj. Det kunde ju varit en fälla också. Eller?"

"Det kunde det absolut. Men han kändes ärlig. Det står
grejer i konversationen också, som gör att jag tänker att han är
seriös. Så jag lät honom hämta mig. En stor jävla BMW kom
han med, och körde upp mig hit."

"Vart? Var i Strömstad menar du?"

"Lite norr om, jag bor i hans sjöbod, Laszlos och Teds."

"Men vet inte Tomas var den ligger då?"

"Tydligen inte. De har aldrig varit där med honom, och den
har ju liksom ingen adress så han sa att den inte går att hitta på
nätet eller så."

"Hur länge har du varit där?"

"Nästan en vecka nu, sen jag kom ut från sjukhuset. Diana
var här igår en stund men hon fick åka hem till barnen. Det
finns en liten affär nära här, så jag klarar mig. Fick en tusing av
Laszlo. Han var jävligt schysst faktiskt. Han har tydligen sett
en hel del, vittnar han kan Tomas åka in ett bra tag. Tydligen
vill Ted också vittna, han har sett ännu mer. Då kan det kanske
bli livstid. Men jag vet inte om de vågar."

”Men Diana, vad vet Tomas om henne?”

”De har aldrig träffats. Och jag har alltid bara kallat henne Frugan.”

”Såpass. Ni är seriösa nu?”

Jonathan ler. Hon hör när han ler.

”Hon har slängt ut honom. El idioto. Hon är bäst, så är det.” Sedan låter Jonathan allvarlig igen.

”Men du måste akta dig, Jonna. Inte synas bland folk. Tills han är fast.”

”Tills han är fast?”

”Ja? De är ju ändå efter honom, polisen. Förr eller senare måste de ju ha tillräckligt på honom.”

Jonna säger inte vad hon tänker: *det kommer inte hända.*

”Vi löser det”, säger hon bara. ”Det löser sig, Jonathan. Jag måste gå nu.”

”Kan du inte komma hit, Jonna? Jag kan ringa Laszlo och kolla om han kan köra upp dig med?”

”Vi får se. Om några dagar kanske. Vi hörs snart.”

”Var rädd om dig. Puss.”

Nu går Jonna genom allén. Mannen har varit förvånansvärt lätt att få med sig. Emellanåt ser hon honom i sin lilla fickspegel. Han går med lite ryckiga men tillbakahållna rörelser. Huvan är uppdragen men hon anar att hans huvud är ganska litet och höfterna smala, medan axlarna är förhållandevis breda.

Hon har kontaktat sina vänner. *Vänner.* Hon smakar på ordet. Det känns lite ovant.

Hon har gjort något ovanligt: bett om hjälp, och förvarnat dem, vännerna. De får inte blanda in polisen, inte förrän allt är ordnat. Risken är att det sätts in en helikopter, sirener och blåljus, att de skrämmer bort honom. Han är expert på att hålla sig undan lagens långa arm, och måste få tro att han är den som har kontrollen.

Nej, hon får fixa detta själv, förhoppningsvis med ett litet handtag från några få som hon kan lita på. Folk som gör precis det hon ber om, och inte mer.

Men det här är det svåraste hon någonsin kommer att behöva göra. Det svåraste, det viktigaste, och möjligen: det allra sista.

Smal kille, grå hoodie

Det är söndag, nästan två veckor sedan Jonna försvann. Pierre har just ätit en sen frukost. Han har haft svårt att somna. Inte heller det senaste söket, det i friluftsområdet, gav någonting, och nu kommer det kanske dröja innan det organiseras ett nytt, det vet han inte. Vad polisen gör vet han inte heller. Han har ringt och frågat men de säger bara att de jobbar på fallet, inte kan uttala sig mer just nu men att han inte ska oroa sig. Berättar att det finns en stödtelefon för anhöriga. Rösten i luren låter lite trött, det ger en obehaglig känsla. Har de börjat ge upp? Hur ser prognosen ut efter att ha varit försvunnen i tretton dagar? Pierre börjar söka på nätet men hittar inte genast någon användbar statistik i ämnet. Tålamodet tryter och han ger sig istället på nättidningen, söker efter något, artiklar, notiser, vad som helst.

Då plingar det till i mobilen. Det är från Jonna.

Hjärtat hoppar nästan ur kroppen och det susar till i huvudet. Pierre ställer sig käpprak upp, så att köksbordet nära på välter. Hon lever, herregud, hon är vid liv, var är hon, vad ska han göra? Han börjar gå omkring i köket, medan han skrattar ett konstigt, hysteriskt litet skratt, kör handen upprepade gånger genom håret, hårt, tills det gör ont i hårbottnen.

Hon har skrivit till dem alla tre, honom själv, Nathalie och Valentin, och till någon som heter Zack. Pierre läser orden, om och om igen.

"För den som verkligen vill hjälpa mig med det jag ska göra, och inte är rädd om livet: Vänta bakom Stenen senast kl 14. Zack: gå till bryggan. Ring mig inte, kontakta inte polis eller någon annan."

Vad är detta för instruktion? Pierre förstår ingenting. Vad är det som ska hända?

Just då ringer Valentin.

"Du har läst?"

"Ja...gud, hon lever! Men jag fattar inte? Vadå *stenen*?"

"Jag vet vad hon menar. Möt mig vid fritidsgården, det mörkgröna huset, där vi var sist. Jag ringer Nathalie."

Pierre kan inte vänta hemma, benen spränger av otålighet. Han klär på sig lite för mycket kläder och cyklar österut. Han kommer att bli alldeles för tidig men det kan inte hjälpas. När han är framme vid skolan tar han upp telefonen igen. Klockan 13.05 hade han fått ett nytt meddelande från Jonna. Det är fjorton minuter sedan.

"Skit, det går för snabbt. Ligger före i tiden. Försöker förhala. Kom tidigare om ni kan!"

Pierre börjar svettas. Han ringer Valentin, som låter stressad men samlad, det brusar i bakgrunden.

"Var är du?" frågar Pierre.

"Jag kommer i bil, med Nathalie. Vi åker över Korsvägen nu."

"Bra, skynda er! Var är den där stenen?"

"Vid tjärnen, ett stort klippblock. Mitt emellan stora badplatsen och scoutstugan, om du vet?"

"Ja, ungefär. Jag tror jag kan vara där om tio minuter."

"Vi kommer nog strax efter det. Ta det jävligt försiktigt, Pierre. Håll dig undan."

Pierre cyklar upp över Apslätten, in på elljusspåret trampar han så att det viner genom hålen i hjälmen. I en korsning delar sig stigen, och fortsätter runt tjärnen i bägge riktningarna. Han saktar in och blir osäker. Scoutstugan, på vilken sida om vattnet ligger den nu igen? Han väljer vänstervarv, kör på ordentligt på rakorna och nästan ligger i kurvorna. Nu närmar han sig vattnet, där terrängen öppnar sig, och en svartmålad trästuga dyker upp, vid en brygga med ett par bergsknallar runt. Det borde vara scoutstugan, så snart ska han kunna se den där stenen. Stigen vindlar sig utefter vattenbrynet, där lövträd böjer sig ner över strandkanten, och där, lite längre fram, ser han ett stort, nästan runt klippblock. Ingen annan är i närheten.

Pierre stannar till, sätter ner fötterna i marken, på var sin sida om cykelramen. Hjärtat bultar och han andas tungt, annars är det tyst. Är det här verkligen rätt plats? Han kollar telefonen. Inga nya meddelanden från Jonna. Tänk om hon blivit överfallen redan, någon annanstans? Ligger i en buske och förblöder?

Nej, han kan inte stanna kvar här.

Istället hoppar han upp på hojen igen och fortsätter utefter slingan, i långsammare tempo nu. Förbi badplatsen, bryggorna, vidare i högervarv runt vattnet. Ser sig omkring, möter några okända joggare. Han vill ropa hennes namn, men vågar inte. När han närmar sig korsningen där han började, återstår bara en raksträcka på ett hundratal meter, mellan en lätt trädbeklädd höjd på vänster sida och den kärrliknande terrängen åt vattnet till, på andra sidan stigen.

Då ser Pierre en figur framför sig. Någon i rött kommer gående emot honom.

Han bromsar in ytterligare.

Det är hon, åh herregud, det är hon! Hans ansikte öppnar sig, han känner det, om han ler eller stirrar vet han inte. Men när han närmar sig ser han hennes ögon, nästan slutna. Hon höjer mycket försiktigt handen och gör en liten gest framför kroppen, som om hon vinkade förbi honom. Sedan mimar hon något. *Inte nu.*

Pierre ser henne ta upp telefonen, medan han rullar förbi. Han stannar till och tittar efter henne. Vänder huvudet igen. Tjugo meter bakom henne går en man. Han är spensligt byggd och klädd i grå hoodie, med huvan uppe. Pierre granskar honom kort med pulsen bankande bakom pannbenet.

Det är alltså han. Mannen för upp handen för ansiktet när han passerar, som om han låtsas klia sig på ögonbrynet.

Och Pierre cyklar förbi. Jonna har visat honom tydligt och kanske vet hon verkligen vad hon gör? Strax därpå plingar det i mobilen igen.

"Stenen. Fort. Ni får inte synas, inte från andra sidan heller. Zack är du på plats?"

Och Zack har svarat: *"På bryggan nu, beredd."*

Pierre andas hårt, fötterna spränger fram över pedalerna och han önskar att han haft en aning om vad som ska hända, där han forsar fram mellan träd, sly och gamla stubbar, tills han är framme vid stenen ännu en gång.

Han hoppar av, i farten, fastnar med foten i tampen på cykelväskans lock och drar med sig hela cykeln i fallet. Det känns ingenting, nästan ingenting, och skit samma, han kommer på fötter och hinner välta ner hojen i buskarna på andra sidan stigen, innan han själv halkar på gruset, in bakom stenen, och ramlar ner i knät på Valentin, som sitter där, med Nathalie bredvid sig.

"Jävlar", viskflåsar han. "Är ni redan här?"

"Vi kom precis."

"Jag mötte dem", berättar Pierre. "Där borta." Han pekar bort mot andra sidan av den lilla sjön. "De borde vara här snart. En kille, en tunnis, i grått. Han går en bit bakom henne. Fan vet vad han tänker göra."

"Du blöder." Valentin pekar mot hans knä, och ja faktiskt, byxorna är trasiga och huden blottad och uppskrapad. Först nu känner Pierre svedan. Valentins blick är stor och lite skärrad. Nathalie ser mer samlad ut, håret är superkort och platinablont.

I handen har Valentin sin telefon. Han visar Pierre det senaste meddelandet från Jonna.

"Vänta på hjälp! Zack ring då, alla andra ligg lågt, ni får inte synas men ni måste titta. Smal kille, grå hoodie. Pistol vänster innerficka? Kniv höger hand. Utsätt er inte för honom."

De stirrar alla på skärmen.

"Ligg lågt? Inte synas men måste titta?" Nathalie gör en grimas. "Vad menar hon? Och han har alltså kniv *och pistol*? Tjena."

"Och vadå 'vänta på hjälp'?"

Valentin skriver tillbaka: *"Hjälp från vem? Titta på vadå?"*

Ett par minuter förflyter och Valentin trummar rastlöst med sina långa fingrar mot jeanslåren där han sitter med ryggen mot klippan. Jonna och mannen syns inte till. Mobilen är tyst.

"Vi har väl inga vapen?", undrar Valentin. De ser på varandra. "Eller?"

Nathalie tittar ner på sina händer, där de långa naglarna glittrar i ljuset från himlen.

"Jag har de här. De är nygjorda. Stenhårda. Känn?"

Valentin känner lydigt och nickar, till synes imponerad, sedan stoppar han handen i arméjackans ficka och drar fram en välvässad blyertspenna.

"Den här är det enda jag kan bidra med."

"Det får duga", säger Pierre. Han minns att det ligger ett svart slanglås i cykelväskan. Han tar sig över gångvägen, rotar fram det och rusar tillbaka in bakom klippblocket. Återigen ser de på varandra. Ingen säger något.

"Nu!" viskar Nathalie. "De kommer!"

Pierre svettas, hjärtat bankar, och han undrar i panik vem som ska ta kommandot, vem som ska hjälpa dem, det finns ju ingen som kan...

Tills han hör sig själv säga:

"Okej, vem gör vad?"

Jonathan var så liten

Först var hon rädd att han skulle gå sönder. Hon vågade inte röra vid honom, brukade bara ropa på mamma när han grät. Ofta vaknade hon till då, mamma, reste sig, hämtade honom ur spjälsängen, eller vagnens insats, där han ofta sov när han var nyfödd. Hon lade honom till bröstet och satt så, med sänkt blick, klappade honom frånvarande över det lilla fjuniga huvudet.

Sedan, när han var mätt, brukade pappa komma och hämta honom, bära på den lilla grodliknande kroppen, eller lägga honom i hans säng, där en rörlig ställning med träpapegojor dansade ovanför hans huvud. Där kunde Jonna sitta länge och betrakta honom. De små, knutna händerna, de rundade kinderna. Allt eftersom dagarna gick, tordes hon känna på hans fasta mage, benen under det tunna, mjuka tyget, det varma, vaniljdoftande huvudet. Han fäste blicken allt bättre på de små fåglarna och Jonna kunde peta på dem, så att de flaxade extra vilt, och skratta åt hur hela bebisen sprattlade till av förvåning.

Det blev svårare när han blev äldre och ville stå och hoppa i knät, gripa efter näsor och pussas med öppen mun. Mamma orkade inte, lade honom bara ifrån sig, ibland rakt ner på golvet, och gick in i sovrummet. Drog de tunga skjutdörrarna om sig och kom inte ut på hela kvällen.

Först kallades det förlossningspsykos. Hon gick alltmer in i sig själv, vaknade inte på nätterna när den lille behövde äta eller bytas på. Grät plötsligt och oförklarligt. Och sen, när det inte gick över, kallades det inte för något särskilt mer. Det blev en icke omnämnd självklarhet. Det blev Mamma. *"Du vet ju hur det är med Mamma"*, blev det.

Jonna förstod inte hur någon kunde välja bort hennes bror. Han var ljuset, livet, sången. Men istället för att försöka förstå, gjorde hon det hon kunde, fyllde ut det gapet mamma lämnat tomt, lekte med Jonathan, lärde sig Jonathan. Hans små signaler: gnället som betydde uttråkning, eller att han inte nådde något, de korta skriken som var ilska över något som han inte klarat, eller hunger. Det stora kluckande skrattet, lyckan. Hans, och hennes. Han blev hennes tröst, och hon blev hans, de två var det begripliga i världen.

Fem år gammal kunde hon sin bror bättre än någon annan, och bättre än hon kunde sig själv. Pappa hjälpte till med det praktiska, men han var alltid så orolig för mamma, upptagen med att hålla dem undan henne när hon var på fel humör, och locka dem till henne när hon var glad. En stor del av pappa försvann, blev till en del av Mamma, en gränsvakt mot hennes sjukdom.

Jonathan är fortfarande hennes. Hennes glädje, hennes ansvar, hennes historia. Svaret på frågan. Därför finns hon. Hade han inte behövt henne, hade hon inte alls behövts, då hade hon förlorats på vägen. Det är för hans skull hon har blivit människa. Men för mammas skull har hon varit rädd, alltid så rädd.

Nu går hon här, på den här stigen. Och nu, när det är farligt på riktigt, är hon inte rädd mer.

Det är för din skull, min bror. Allt är för dig. Kvinnan, som kunde varit vår mamma, klarade inte det. Jag är ledsen för det, Jonathan, men jag förstår nu. Det var inte ditt fel, inte pappas. Men det var faktiskt inte heller mitt. Hotet från sjukdomen är inte verkligt. Jag tänker inte bli sjuk, som hon. Jag kommer inte att bli det. Om jag överlever det här, ska jag leva, ja jävlar, det ska jag.

Jo, jag är hans lockbete, och det är jag som kastar ut mig själv till honom. Det kan faktiskt sluta med att han har ihjäl mig nu. Jag är intensivt medveten om det. Men då drar jag med mig honom i fallet. Alla mina vänner kommer se det, höra det, bli trovärdiga vittnen. Zack ringer polisen, psykopaten åker fast och du blir äntligen fri. Och du! Då ska du bara fortsätta. Älska Diana, skaffa ett jobb, sluta knarka och inte bli slagen i småbitar. Hör du vad jag säger?

Här finns en värld för oss, Jonathan. Vi vet inte varför, men den finns, just här, just nu. En skog full av myror och barr, doftande gräs, droppar från ljusgröna pytteblad, små grodor som kämpar sig över stigen, mot vattnet. Jag lovar, jag är mitt i miraklet! Och det finns människor, och de vill älska oss, de finns där ute, Jonathan, de väntar på oss. Vi måste låta dem.

Här går jag i skogen, mot friheten, eller döden. Och jag har aldrig varit mer rakryggad.

Hyperfokus

Cyklisten är borta. Han kan ha misstänkt något. Nu har han hur som helst släppt det och rullat vidare. Jävlig tur för honom det.

Tomas har bokat en flygbiljett via telefonen, till Gdansk, han känner en snubbe där som kan hjälpa honom vidare. Ytterligare ett falskt pass och ny identitet går snabbt att fixa därifrån. Så fort detta är avklarat ska han bli upphämtad av Laszlo med BMW:n och bli skjutsad till Landvetter flygplats. Från Härlanda Tjärn kommer det bara ta tio minuter tills de är ute på riksväg fyrtio och sedan är det bara att blåsa på. När polisen har hunnit hitta kroppen, kommer Tomas vara long gone.

Och nu är han ensam med henne igen. Men de är snart framme vid stranden, och det är inte någon lämplig plats för ett obemärkt överfall. Han kan på avstånd se drygt en handfull personer, någon på en av bryggorna, ett par familjer med ett barn som springer över sanden. Men det verkar bli regn snart. Utmärkt, då går folk hem. Han behöver invänta nästa raksträcka, det borde komma en där borta runt kröken, bakom träden. Det är bara att hoppas att de får vara ifred då.

Jonna genar över den öppna stranden, själv tar han omvägen som följer staketet utmed parkeringsplatsen. Med hennes långsamma takt lär han hinna ikapp henne i god tid. Sådär ja, nu har de lämnat de andra bakom sig, nu börjar det likna något. Gångvägen rätar ut sig, vilket ger honom den nödvändiga överblicken. Vattnet till vänster, bara skog på andra sidan, ingen i närheten.

Nu? Han kramar knivskaftet, bereder sig på rusningen.

Men varför i helvete är hon så långt bort? Hon är säkert nästan hundra meter framför honom nu. Hon måste ha ökat hastigheten kraftigt. Om han ska hinna ikapp henne innan stigen kröker sig igen och han förlorar uppsikten framåt, skulle han behöva rusa hela sträckan. Hon skulle höra hans steg redan långt innan han var framme. Troligtvis skulle hon ta honom för en joggare, men kanske ändå vara på sin vakt, och han skulle vara trött när han kom fram, långsam. Förstår hon vad som är på väg att hända ens två sekunder för tidigt, kan det vara kört. Två sekunder gör hela skillnaden. Det är, enligt hans erfarenheter, minimitiden för en människa att hinna både reagera på ett överfall, förstå att det är just det som händer, dra efter andan, och skrika.

Tomas börjar öka steglängden så ljudlöst han kan utan att springa eller skrapa fotsulorna i underlaget. I några ögonblick försvinner stigen ur hans synfält, in bakom några kraftiga trädgrenar, och plötsligt får han för sig att hon vikt av från vägen. Vart tog hon vägen?

Men nej, där är hon ju, och nu mycket närmare. Kanske har hon stannat för att knyta skorna eller kolla sin telefon. Långsamt vandrar hon nu, rakt fram, utan att se sig om. Mellan ett stort stenblock på vänster sida om sig, med vattnet intill, och den täta skogen på höger sida, stannar hon till, tar fram något ur fickan. Telefonen kanske, eller fickspegeln igen. Säkert fixar hon till läppstiftet. Är det någon här, någon som väntar på henne? Men nej, skogen omkring dem är tyst och tom.

Kniven ligger fint i Tomas hand. Världen står still, väntar på hans utfall. Han är i hyperfokus.

Nu, ser du lilla hjärtat, nu är det slut. För här kommer Isen.

Fötterna skjuter ifrån i marken, lyfter och landar, han närmar sig snabbt den unga, ovetande kvinnan. Snart kommer hon att höra honom, vända sig om, men först när han är framme hos henne kommer hon att förstå.

Och då kommer det redan att vara för sent.

§ § §

Jonna andas långsamt och kontrollerat. Det är bara de två nu. Han, jägaren, och hon, det frivilliga bytet. Lockbetet. Det är en lång raksträcka här, utefter tjärnen. Vattnet till vänster om dem, skogen till höger. De närmar sig långsamt platsen hon valt. Den Stora Stenen. Ska den bli hennes räddning även idag? Eller hennes sista vittne?

Jonna har känt sig märkligt lugn. Hennes plan har varit hennes säkerhet. Den har känts som den enda möjliga lösningen, och hon har inte kostat på sig lyxen att tvivla. Hon kommer att leda honom till stenblocket, där vännerna är gömda, och invänta hans utfall. Stanna, om det behövs. Låtsas knyta en känga. Hon minns tillräckligt från kampsporten, några grepp, sparkar och undanmanövrar som kan överrumpla honom åtminstone, så hon hinner skrika på polis. Zack, som är på plats på bryggan, kommer att höra hennes rop och ringa larmnumret. Vännerna bevittnar scenen, vilket är

nödvändigt för att säkra att Isen får ett rejält fängelsestraff.
Hon har räknat med att han ska bli rädd i det läget, dra sig
undan, försöka komma därifrån. Det är så han brukar göra, när
polisen kommer på tal, det har Jonathan berättat. Vad som
helst men inte åka fast. Men då finns vittnen, utan att han vet
om det. En förhoppningsvis snabb biljakt, och sen: so long,
sucker!

Men nu. Nu börjar tankarna snurra, hjärtat slå snabbare.
Planen är en teori, en pappersprodukt, den kan slå fel. Hon vet
ju egentligen ingenting över huvud taget om närkamper med
galna knarkhandlare.

Jonna saktar ner på stegen något, det går lite för fort nu. Hon
stoppar ner fickspegeln, det verkar misstänkt att ta upp den
fler gånger. Snart kommer han att göra sitt utfall. Är hon
beredd? Hur vet hon om de andra är på rätt plats? Tänk om
hon varit otydlig, eller om någon inte hunnit fram? Sist hon
läste chatten var hennes meddelande det sista. Hinner hon
kolla igen? Om ingen ser när det händer, har allt varit förgäves,
då kan han komma undan och Jonathan blir kanske aldrig
någonsin fri.

Nej, vad vet hon egentligen om den här dåren? Han kan gå
på Venoxin eller någon annan drog, vara helt oberäknelig.
Tänk om han inte alls backar undan, om han bara bestämt sig
för att ha ihjäl henne, kosta vad det kosta vill? Herregud, vad
har hon gett sig in på? Hon har försatt sig i en fullkomlig
livsfara. Ja, hon vill rädda Jonathan. Men om det inte ens
lyckas? Och det enda som händer är att hon tar ifrån honom
hans storasyster?

Jonna försöker öppna skärmen men fingeravtrycket vill inte
funka. För varje steg kommer de närmare stenen. Hon försöker
vinna tid, sakta ner stegen, men utan att komma för nära
honom. Det är såklart omöjligt.

En annan tanke slår henne snart, med full kraft:

Tänk om någon annan råkar illa ut?

De skulle vara vittnen, och hon har uppmanat dem att vara passiva. Men vad händer om de försöker övermanna honom, och han...

Hon kan inte ens tänka tanken klart. Herregud, det är hon som dragit in dem i detta. Hur kunde hon vara så sjukt galen, så fullkomligt från vettet? Hon får vara stilla, låta honom göra detta med henne bara, utan att ropa, utan att kalla på hjälp, så att ingen annan blir skadad. Få det överstökat.

Men kroppen vill inte dö.

Den börjar reagera på skräcken, armhålorna kliar, det pirrar som kolsyra i fingrarna och ryggen känns stel, som om hela hennes kropp är en rustning som dras åt inför anfallet.

Då hör hon hans steg. Lätta men tydliga löpsteg mot grus. Nu kommer han. Är det nu det tar slut?

Så, från ingenstans, stannar tiden.

Jonna går ur den, så känns det. Sekunderna förlöper plötsligt otroligt sakta och hon hinner känna allt, se allt, tänka alla tankar. Hon ser varje gren vaja i vinden, känner sin vänstra fot i slow motion ta ett steg mot marken, som sviktar lätt.

Adam.

Jag är här, Jonna.

Adams mörka ögon, ögonbrynen, käklinjen. Hon ser dem, som en bild, dubbelexponerad mot den ljusa himlen.

De kan hjälpa dig. Låt dem hjälpa dig.

Så känner hon kappans starka, lena tyg mot sina handflator, och i ett enda ögonblick kommer hela bilden till henne. Hon ser det hända, innan det sker.

Vem är bytet, vem är jägaren? Det är upp till dig, Jonna!

Och hon drar av sig sin röda kappa, i en enda rörelse, och vänder sig om.

§ § §

Jag är Isen. Nu är du min.

Kniven är en förlängning av honom, han känner redan rörelsen, hur den roterar ut från axeln, genom armen, handen. Han har repeterat rörelsen i sitt huvud så många gånger att den känns som en reflex.

Men då ser Tomas hur hennes röda kappa liksom svänger i luften. Hon håller den som en tjurfäktare som viftar med sitt röda skynke, och hon har snurrat runt, ja hennes kropp är vänd mot honom nu, och det går så fort, han hinner inte förstå?

Så plötsligt tar hon några snabba steg rakt emot honom, med kappan framför sig. Äntligen får han stopp på sina fötter men det tar bara en sekund, så är hon redan där, och hon kastar sig mot honom, slänger kappan över honom, han försöker ducka undan men ser plötsligt ingenting. Och nu sitter hans huvud fast därinne i mörkret, och hennes händer knips runt hans hals.

Vad i helvete är det här?

Han hör hennes röst genom tyget.

"Hej, snygging", säger hon. "Jag har väntat på dig."

Tomas gör ett hårt kast med huvudet och lyckas komma ut ur kapptyget. Men just då skriker hon, hjälp, skriker hon, HJÄLP, rakt in i hans öra, POLIIIIIS, så att det skär i trumhinnan och samtidigt trycks hennes kropp hårt mot hans och han anar bröstens form mot revbenen, värmen från hennes andedräkt. Den doftar svagt av mint.

Han stannar upp en kort sekund. Det är något varmt och starkt med den här kroppen som gör att hans egna vill ge efter, sluta kämpa.

Det är ju faktiskt helt orimligt alltihop. Varför springer man omkring jämt egentligen? Stressar och hetsar, ljuger, hotar, gömmer sig och flyr. Vilket liv, vilket slit! Orka hålla på. Tänk om han bara skulle ge sig nu? Han känner plötsligt en enorm trötthet, ända inifrån märgen. Om han bara släppte efter, precis nu, och lät den här galna kvinnan göra vad hon ville med honom?

Men vafan förresten. Ge upp? Hur tänker han nu? Han minns vem han är. Nej for fucks sake, här ska inte backas undan. Han är Isen, och Isen jiddrar man inte med. Han ska loss! Tomas börjar samla ihop sina förvirrade tankar till det enda han egentligen vet och minns just nu: uppdraget. Kniven är beredd i handen. Men hon har skrikit, tänk om någon hört? Är polisen i närheten?

Då, ett annat ljud, ett läte så starkt att han baxnar. Ett djupt vrål, och det genomborrar honom, från pannbenet, genom mellangärdet, ända in i ryggmärgen slår det honom, och han stelnar, fryser i sin rörelse, tappar luft.

Ett djur? Ett rovdjur?

Så rusar en man fram emot honom, från klippblocket på vänster sida, och det är cyklisten, med hjälmen på och allt. Från andra hållet kommer någon annan, det är en kvinna i ljust, kort hår, hon är snabbast framme, han försöker lösgöra händerna men de hålls fast på något sätt, någons starka armar är låsta runt hans överkropp.

Och vad händer med hans hand? Mängder av sylvassa taggar borrar sig in i handryggen och trycker upp hans grepp. Vart tog kniven vägen? Nu kan han inte andas heller, något trycker runt adamsäpplet, han hostar till, lyckas lyfta sin vänstra hand så pass att han kan gripa mot jackan för att försöka få fram vapnet. Men i jackan finns redan någon annans hand? En tredje person försöker muddra honom på pistolen.

Tomas sparkar ursinnigt och med all kraft bakåt, träffar någon som stönar till, trycker sina armar rakt ut, de exploderar upp genom luften, och han blir fri från hennes grepp, även trycket mot halsen lättar och han lyckas ta ett djupt andetag, få kraft att svinga sin högerarm framför sig. Snart är han lös, en spark till bara, ett rejält slag åt sidan med armbågen, mot mannens huvud, men han får till en halvdan träff, och bara mot hjälmen, ett slag till måttar han, men så känner han en skarp smärta av något vasst i nacken. Kroppen drar ihop sig, automatiskt, som en fjädrande fällkniv, och då ser han ett par kvinnoben, strax ovanför marken. Så, hennes röst.

"Jonathan hälsar."

Hennes känga träffar hans huvud. Det är det enda Tomas Berglund ser nu. Det enda han hör är det omisskännliga ljudet av en hovrande helikopter.

En regnbåge
genom kroppen

Ljudet från helikopterns rotorblad smattrar dovt.

Jonna står lutad över mannen, som ligger på mage på marken, mitt på stigen, med den röda kappan över sig. Hon håller hans eget vapen riktat mot honom med båda händerna, som darrar något. Nathalie trycker hans huvud mot underlaget med sitt ena knä, Pierre sitter grensle över hans rygg, med mannens armar korsade bakom ryggen och hans handleder hopsnörda av ett svart, blänkande cykellås. Från nacken blöder mannen från ett sår orsakat av en blyertspenna, som en flämtande Valentin håller i handen. Mannen på marken säger ingenting, och gör inte längre motstånd. Hans ryggtalva höjer och sänker sig.

Så är tre poliser framme hos dem och tar över.

Jonna skakar så att hon knappt kan slå siffrorna på telefonen. Jonathan svarar efter första signalen.

"Han är fast nu. Polisen är här. Jag hör av mig sen." Hon lägger på, utan att invänta hans svar, och så är hon i en famn, och den doftar som Pierre.

En man i polisuniform med mustasch och kraftig rynka mellan ögonbrynen dyker upp i hennes synfält efter en liten stund.

"Det är du som är Jonna Albrektsson? Jag heter Lennart Johansson och har haft hand om fallet Tomas Berglund. Det är mannen som ligger där borta, kan vi se."

Så drar han blåvit avspärrningstejp tvärsöver stigen och ropar till ett nyfiket matbud på moped.

En annan av poliserna sveper en filt runt Jonna och Pierre.

"Det är nåt med oss och filtar", säger Pierre och stryker henne över håret. Hon skrattar till men i hans famn vill skrattet bli till gråt. Hon sväljer hårt men han fortsätter bara stryka hennes hår och hans röst är mjuk, stadig och basnoterna vibrerar i bröstkorgen.

"Jag har dig, Jonna. Det är över. Du klarade det, du har räddat Jonathan, och du har räddat dig själv. Skithögen är fast, du kan vila nu. Jag har dig."

Hon kan inte svara. Det är som om en regnbåge flyter genom kroppen, ett ackord av känslor, starka och grundläggande, som när hon var barn.

Några tankar når henne till slut: Jonathan, som hon nu kanske får behålla. Ensamheten, som märkligt nog, och helt plötsligt, verkar ta slut.

Och då, äntligen, kommer tårarna.

Den mest oväntade tanken är den på Tomas Berglund. Mannen som nu leds bort mot helikoptern, på väg mot häktet. Den korta stunden, i hennes armar, hade det varit som om något hos honom veknat, blivit mjukt, skört. Nu hör hon hans ljusa stämma:

"Det var hon som överföll mig! Jag lovar!"

Efter det, Johanssons lugna svar.

"Jaa då. Säg det till advokaten, du."

Zack står några meter bort, snett bakom Valentin. Deras blickar möts. Jonna torkar tårarna, lösgör sig ur Pierres famn och går fram till Johansson med armarna hårt lindade runt kroppen.

"Hur kunde ni komma hit med helikoptern så snabbt? Jag hade bett Zack här ringa larmnumret när jag ropade på hjälp", hon gör en gest mot honom, "men ni dök ju upp inom två minuter. Det borde ha tagit mycket längre tid?"

Johansson drar en aning på munnen och rynkan nästan försvinner mellan ögonbrynen. Han nickar bort mot stranden, där de övriga poliserna just är i färd med att leda in Tomas Berglund i helikoptern. Där står också en annan man, på behörigt avstånd, en storvuxen en, med lite för trång kavaj.

"Det var Laszlo, en gammal bekant till vår vän här, han ringde oss för en timme sedan och förvarnade oss om att Tomas var på jakt efter dig idag. Vi tog en civilbil och mötte upp Laszlo på helikopterplattan vid Östra sjukhuset, precis här bakom. När unge Zack larmade, var vi redan beredda. Var det svar på din fråga?"

Hemligheter

Klockan är snart sju på kvällen och de har lämnat sina vittnesmål på polisstationen, helt kort. Imorgon ska de komma tillbaka. Jonna har inte sagt något om den mörke, han med den ärrade näsan. Hon hänvisar till sin bror, det är han som berättat var Isen hållit hus, har hon sagt, och ingen verkar ännu undra över det. Att det råkat vara inbrott i källaren i Päronhuset just dessa dagar, kommer någon säkert att fundera över. Att hennes vänner suttit beredda bakom Stenen, just när hon blev överfallen, som av en händelse på exakt samma plats, är det inte heller någon som frågat om. Än. Men, men, den dagen, den sorgen.

Pierre har våffelmix hemma, och lite vaniljglass. Hans fläkt fungerar dåligt, köket blir fullt av os från järnet, där smöret fräser ner med smeten. Han har fått sitt knä omplåstrat och står i köket iklädd linne och kalsonger. Det är något fel på elementen, de bränner på för fullt och det går inte att sänka värmen, så Jonna har öppnat balkongdörren i vardagsrummet.

Jonna har fått ett kuvert av Zack. I det har hon hittat tio femhundralappar och en randig sida ur ett anteckningsblock. Där står, med hans handstil:

"De tar det som en förolämpning om du försöker lämna tillbaka detta." På andra sidan av pappret, en annan handstil, som hon inte känner igen.

"Tack för att du var där, att du såg. Säg till om du vill vara barnvakt. Det verkar som om vi behöver det."

Längst ner i kuvertet har hon också hittat ett halssmycke. En tunn kedja och ett hänge av silver föreställande en liten delfin. Pierre har med mycket möda och stora fingrar lyckats få fast det runt hennes hals.

Jonna har duschat hett och länge, Pierres badrock är väldigt stor runt kroppen, hon får vira den omlott. I hans badrumsspegel har hon sett sin kropp. Visst har hon magrat lite, men ser samtidigt stark ut. Armar och ansikte är ganska solbrända medan resten är lika blekt som vanligt. Hon har torkat bort mascara, som hon glömt att hon tagit på morgonen och som inte riktigt sitter kvar där den ska.

Hon borde vara tröttare?

Pierre står och är enorm där vid spisen, nära på förmörkar resten av köket. Musklerna rör sig lite kring skuldran när han vinklar armen för att försöka få upp våfflan på gaffeln. Hon vill lägga sina händer någonstans på honom, axeln, ryggen, men han hinner vända sig om.

"Våffla?" säger han och väntar inte på svar, stoppar in en bit i hennes mun och tittar på henne när hon tuggar, så länge att våfflan i järnet bränns.

Sedan karvar han upp stenhård glass på hennes tallrik och lägger den brända våfflan på sin egen.

"Du behöver inte berätta något för mig. Om du inte vill", säger han försiktigt.

Hon låter glassen smälta på tungan.

"Jag kan berätta. Men jag vet inte riktigt var jag ska börja. Jag har svårt för sånt."

"Att berätta saker?"

"Ja. Jag vet liksom aldrig när jag säger för mycket. Så jag...säger för lite. För säkerhets skull." Jonna betraktar honom tyst.

"Logiskt", mumlar han bara mellan tuggorna.

"Jag vågar inte fråga människor saker heller", prövar hon, "eller svara särskilt mycket på andras frågor".

Han väntar.

"Det är det där som ska avslöjas", fortsätter hon. "Det dolda som ska fram. Som hemligheter. Hur klarar människor av det?"

"Hm." Pierre lyfter blicken, som om han tittar efter sina tankar.

"Har man haft hemligheter länge så...då blir det säkert så. Att man måste fortsätta skydda dem. Skydda sig. Till slut kanske man känner sig som en enda stor härva av hemligheter."

Jonna älskar honom så hon vill spricka och hon tänker att hon bara ska säga det.

"Tack för våfflorna", viskar hon istället.

Då går han runt bordet och sätter sig på huk intill henne. Tar om hennes ansikte med sina händer och kysser henne. Hon sluter ögonen och ser upp först när läpparna blir tomma igen. Herregud, han måste varnas.

"Jag har svårt för sånt här också. Det är bäst att du vet det."

"För...våfflor?"

Då vågar hon. Hon låter sig sjunka hela vägen in i hans kyss, i hans värme, och hans armar är lena på insidan, ryggen varm under linnet, håret strävt och mjukt samtidigt. Han lyfter över henne i sitt knä och bär henne ut ur köket med ansiktet i hennes hals.

"Vart?" viskar han.

"Soffan?"

Pierres kropp runt hennes inunder badrocken, som solsken. Handen med ärret över tummen och så lillfingret som spretar över hennes lår när hon grenslar honom.

"Du bestämmer", viskar han.

Balkongdörren är öppen mot gården men hon är fortfarande genomvarm. Svagt brus från staden, måsarnas skrik och hans nu långsamma andetag. De får knappt plats liggande i soffan. Hans mun vilar mot hennes panna, benet med plåstret på knät är oerhört tungt över hennes höft. Hon är i Mittens rike.

När Jonna vaknar har hon svårt att andas.

Adam.

Hur hade det gått med Adam? Dåligt. Faktiskt väldigt, väldigt dåligt.

Hon reser sig försiktigt, lyfter det tunga låret åt sidan. Pierre sover djupt. Hon går in på toaletten. Tar några krampaktiga andetag, räknar till sju, sju gånger, det blir fyrtionio. Det hjälper inte.

Adam hade stått utanför hennes dörr en eftermiddag när hon kommit hem från skolan, snart sjutton år gammal, efter åtta månader och en vecka i hans kärleksland. Och något hade varit förändrat. Blicken: tillkämpat glad. Rösten, samtalstonen: alldeles för glättig. Det är inte du, det är jag, hade han sagt. Sedan: jag älskar dig inte längre. Men händerna hade sagt något helt annat. Och det lilla surrande ljudet från hans ögon, det man själv kan höra, som inuti huvudet, när man försöker låta bli att gråta. När musklerna spänns för att förhindra sorgen att läcka ut. Han hade varit alldeles nära henne och hon hade förbluffats över att det gick att höra från någon annan. Ljudet som avslöjar mer än själva tårarna.

Varför hade han lämnat? De hade älskat varandra som alla himlar och hav tillsammans. Det gick inte att begripa. Hon hade vetat med allt som kunde tänka, med allt som kunde känna, att det varit rätt, att han hade gjort vad som helst.

Om det hade varit fel, om hon och Adam varit fel, då kan ju vad som helst kan vara ett fruktansvärt missförstånd. Och efter det, några veckor senare, hade pappa blivit inlagd, sjukdomen hade till sist tagit över honom, och...

Och hon måste härifrån. Annars kan det snart vara för sent, och missförstånd och sorg kan vara allt som blir kvar.

Medan hon betraktar honom, mannen i soffan, med badrocken över halva kroppen, klär hon sig tyst och smyger sedan ut.

Jonna står obeslutsamt på trottoaren utanför Pierres hus. Mobilen ligger i kappan, klockan är strax nio på kvällen och det regnar fortfarande. Stackars Jonathan har ringt många gånger. Men det finns bara en person hon kan tänka sig att prata med just nu. Efter tre signaler:

"Lena Wallin."

"Det är Jonna. Albrektsson."

Först blir det tyst i någon sekund. Sedan den där rösten, lättad, kraftfull och skånskt förvånad.

"Men Jonna! Men vad glad jag blir att höra från dig! Jag trodde det värsta ju, såg dig ju på nyheterna…"

Jonna kan inte låta henne prata färdigt.

"Förlåt att jag ringer så sent. Men det är…det är akut. Får jag komma hem till dig? Nu?"

Det står någon
på stigen

Lena Wallin har sitt mottagningsrum i det som förr var ett garage, i sitt kedjehus i Askim. Det är tapetserat med en fondvägg av björkstammar. Två runda fåtöljer står vid fönstret, på var sin sida om ett litet bord, och på det ett paket med näsdukar och ett kopparfärgat blockljus. Utefter väggen står en smal säng med prydnadskuddar och en grå yllefilt ovanpå, bredvid den ett litet sängbord. På väggarna bilder av änglar, höstlöv och en bro som ranglar sig fram över ett dimmigt vatten. Allt är sig likt, förutom att blockljuset idag inte är tänt och rummet känns utkylt.

"Jag har inte haft klienter på ett tag", säger Lena med ett urskuldande leende medan hon hänger upp Jonnas kappa.

"Jag har forskat, som du kanske minns?"

"Förlåt. Det är sent. Du jobbar ju inte nu."

"Det gör ingenting. Du är så välkommen."

"Jag kan betala bra."

"Jaja, det tar vi sen. Sätt dig nu. Jag ska bara…"

Lena tänder blockljuset, och ytterligare några små värmeljus som hon plockar fram ur sängbordets låda. Hon placerar ljusen i små genomskinliga hållare runt om i rummet, men låter taklampan vara släckt. Ger filten till Jonna och slår sig själv ner i fåtöljen mittemot, drar koftan tätare omkring kroppen och spänner sin bruna, skarpa blick i Jonnas. Det svaga skenet från kvällshimlen utanför faller in över hennes högra kind, så att skrattrynkorna blir tydligare. Hennes röst är varm men barsk, som en lagrad ost.

"Berätta nu, min vän. Vad är det som händer?"

Regnbågen är där, genom bröstet, som ett ackord av toner. Det låter sig inte beskrivas.

"Jag vet inte", kan hon bara säga. "Jag vet inte vad som händer."

Gråten är på väg igen men hon håller emot, lite till. Lena väntar, sträcker sig efter förpackningen med servetter och skjuter den försiktigt över bordet.

"Du är trött." Skånskan som säger det är mer som en mjukost. "Vill du sova här? Vi kan prata imorgon?"

Jonna svarar inte genast.

"Okej. Kanske. Om det går bra för dig?"

"Såklart det gör. Jag har ju ett gästrum också."

"Det går bra här. Jag tycker om det här rummet."

Lena ser på henne med forskande blick.

"Som du vill, tjejen. Är du hungrig?"

"Nej, tack. Jag har ätit. Våfflor."

Hon får sängkläder och bäddar långsamt åt sig. Fragment av dagen fladdrar genom hennes huvud. Klockan är strax efter tio på kvällen men det känns som mitt i natten. Hon kryper ner och kroppen värker men den känns, och hon vågar känna sin kropp. Den lever, och där är huden, och den är känslig efter Pierres händer, kinderna skavda av hans skäggstubb.

Adams ansikte blir synligt igen, svagare nu, som en ljusgrå projicering mot väggen på andra sidan rummet.

Vila nu, Jonna.

Hon låter sig sjunka ner i sängen, känner den mjuka bäddmadrassen, kuddens form mot kinden. Hon är i ett hem där hon får vara ifred, men inte är gömd. Inte heller ensam. Ett värmeljus brinner ännu borta på fönsterkarmen, lågan fladdrar i draget.

Det är så tyst att det susar i öronen. Fötterna är rena, glider mot lakanet. Allting glider, rinner undan. Tankar, bilder blir till nya former, till en stig i skogen.

Där står hon nu. Eller gör hon verkligen det? Hon kan inte se sina fötter framför sig. Men hon ser, hon hör. Träden som susar omkring henne, den barrbeströdda stigen inunder, himlen som öppnar sin ljusa lucka mot rymden. Det finns ett vatten bredvid, hon hör kluckandet av små vågor mot en strand som hon inte kan se.

Någon befinner sig bakom henne, rör sig i hennes riktning och hon börjar instinktivt att springa, eller var är hennes fötter, springer hon egentligen? Nej, det gör hon nog inte, men hon rör sig framåt, och hon gör det allt snabbare, som hon alltid måste göra, hon flyr undan den som förföljer, som hon alltid har gjort. Men ett motstånd växer i marken, eller i luften, det hindrar henne, bromsar henne, och hon kämpar allt hårdare för att komma undan. Paniken stiger i bröstet och hon börjar räkna, till åtta, igen och igen. Ett, två, tre, fyra, takten är lugnande, som den i musik, fyra fjärdedelstakt, fem, sex, sju, åtta.

Men då hör hon en röst, en barnröst är det visst. Den skrattar. Och därefter en kvinnas. Den är framför henne, eller ovanför.

"Jonna?" säger kvinnorösten, plötsligt alldeles nära. Som en fråga, eller en påminnelse. Rösten är mjuk.

Det är mammas röst, och den är så nära, som i hennes eget huvud.

"Det är inte farligt, Jonna. Vänd dig om."

Och hon vänder sig om.

Det står någon på stigen, där mellan de höga stammarna. En man, en gänglig en i grå tröja med huvan uppe. Men han springer inte, han står där, och han tar av sig huvan, så att hon ser hans bleka, magra ansikte, och han ler lite och höjer handen, som i en hälsning. Sedan är han inte en man utan ett djur. Det är ett hunddjur, ganska benigt och lite luggslitet med beige päls nedtill och grå över ryggen. Just det. En varg, det är vad det är, hur kunde hon inte genast märka det? En uråldrig varghona, en alfahona, som vet allt, ser allt.

Allt är stilla. Allt är väntan, och hon observerar det här ögonblicket, som om det vore det enda hon kunde och det sista hon gjorde. Minsta löv på träden omkring, som rör sig, vart och ett efter en egen vind, hon kan betrakta alltihop och styra vad hon ska få se. Så hon vänder sig mot vattnet, det är en tjärns yta, som hopknycklad aluminiumfolie, under silverpilars hängande grenar.

Jonna rör sig mot vargen, och plötsligt känner hon sina fötter, de nakna fotsulorna trycks mot den sviktande stigen under. Hennes ben är de knotiga tolvåringsbenen, och de går med långsamma steg mot djuret, som satt sig på marken. Ögonen är ljusa, och de mäter henne med blicken.

Hon känner igen de där ögonen. De är mannens, han som gått bakom henne. Men också någon annans. Den där beslutsamma blicken, var har hon sett den förut?

"Du kan komma hit nu", säger mamma, från ovan, från inuti.

"Du behöver inte springa mer."

Och då ser hon det. Ögonen, vargens ljusa ögon. Hon känner igen dem från någon hon känner väl till, men samtidigt inte. Som en biroll, en sidofigur som alltid varit där, som hon tagit för given, men inte ägnat någon större uppmärksamhet. Hon minns det där ögonparet, från tusentals möten, medan tankarna alltid varit någon annanstans. Det är någon som alltid förändrats, men vars ögon varit sig lika, genom alla år. Med ljusa fransar runt, med mascaratyngda, med lugg alldeles ovanför, med tårar i, med lysande förväntan som strålar ur. Från alla möten, med spegeln emellan.

Det är hennes egna ögon. Hon ser in i dem, in i sig själv - och vaknar.

Just när hon slår upp ögonen, fladdrar lågan i värmeljus-hållaren borta vid fönstret till, och slocknar.

Jonna ligger naken, utan täcke, svettig först, sedan svalare. Hon drar täcket runt kroppen, i en enda rörelse. Hon ser stort ut i mörkret.

Hennes ögon. Hennes mörker.

Det är du

Jonna sitter med benen utsträckta framför sig på tunnelbanan. Hon har den röda kappan bredvid sig på sätet. Den är inte särskilt ren, har spår av mossa och jord över baksidan, som hon inte lyckats få bort. Endast kemtvätt, står det på lappen i fodret. Och det är en ljummen majeftermiddag, egentligen för varm för ytterkläder. Men kappan måste med.

För övrigt har hon på sig ett par gympaskor hon lånat av Nathalie, rena jeans och en blus med små svarta hjärtan.

Jonna har fått tillbaka hälften av pengarna från Jonathan. Var han fått dem är hon inte säker på men kanske är det som han säger, det månatliga socialbidraget. Tillsammans med pengarna från familjen Päronhus har det varit tillräckligt för att boka ett vandrarhem där hon nu har lämnat sin väska. Det var dyrt med tanke på storleken och standarden men pengarna har ändå räckt till att betala Nathalie det hon är skyldig för hyra och räkningar, samt tågbiljetten, och hon har fortfarande lite kvar. Lena ville inte ha betalt för samtalet, eller för mat och logi. Jonna har sovit i mottagningsrummet, första delen av natten oroligt, andra tungt och länge. Till frukost har hon ätit sådant hon saknat; rostade smörgåsar med ost och smält smör med hett kaffe till. Därefter har hon varit på polisstationen och berättat allt. Ja. Nästan allt.

Nu har hon börjat räkna igen, till åtta den här gången, om och om igen. Det kommer och går. Och hon tittar sådär på saker, på mönster, letar efter symmetrier. Måste vänta på att en stolpe är exakt parallell med kanten av tunnelbanevagnens fönster, innan hon kan vända bort blicken. Än så länge är tvången bara skuggor av sina forna, krävande, tvingande jag. Nu mer som ofrivilligt sällskap, envisa dagdrömmar. Den rastlösa hjärnans tidsfördriv.

Snart gäller det. Ingen mer väntan.

Ikväll ska hon träffa Jonathan, han kommer med tåget till Stockholms centralstation lite efter sju och ska dela det lilla rummet med henne. Han är nu på väg från Strömstad i BMW:n med Lazlo.

Men nu gör hon detta ensam. Första gången måste hon vara ensam.

Pierre har skrivit ett meddelande under natten.

"Vart tog du vägen?"

Nu, på tunnelbanan, tar hon fram mobilen igen. Hon ser ut genom fönstret, ser den ljusa stenbeläggningen på insidan av tunneln passera, människor gå av och på. Stryker displayen, utefter den sylvassa sprickan. Sedan skriver hon till Pierre:

"Du är inte bra för mina hemligheter. De har börjat läcka ut. Som genom en spricka."

Det dröjer en stund innan han svarar. Medan hon väntar kommer hon att tänka på såret hon fått på pekfingertoppen, då när hon skurit sig, den där morgonen då allt började. Hon hade blött kraftigt, men det hade slutat blöda snabbt och hon hade inte tänkt mer på det. Sedan hade hon visst slängt plåstret någon gång samma kväll, i tvättstugan. Det känns som evigheter sedan, men det är det ju inte. På nära håll granskar hon det lilla stället, längst ut på högra långfingertoppen. Ärret är knappt synligt, det blandar sig med de små åsarna i mönstret som är fingeravtryckets landskap.

Då surrar telefonen.

"Leonard Cohen: There's a crack in everything. That's how the light gets in."

Hastigt drar hon efter andan, ögonen tåras och hon håller den lilla apparaten tryckt mot sitt bröst. Hon ser honom framför sig, under sig, i hans soffa, i hennes händer.

Hur skulle hon någonsin kunna våga? Det är ett totalt hazardspel. Med hjärtat som insats, eller snarare hela bröstkorgen, hoppet, tron och förståndet. Hon har älskat en gång förut, och knappt överlevt. Skulle hon klara det igen?

"Kan du inte sova hos mig en natt, istället för hos den där Lena? Hon är väl för gammal för dig ändå? Dessutom har jag hört att det inte är så klokt att sova med sin terapeut."

Jonna kliver av vid rätt station, ställer sig till höger i rulltrappan, åker upp mot ljuset. Nej, hon vågar säkert inte. Men hon måste ändå le åt Pierre. Åt alltihop. Åt den ljumma majvinden som blåser över torget.

Sista sträckan behöver hon använda telefonens GPS, hon har aldrig varit här förut. Och när hon sätter fötterna på det nedersta trappsteget, bultar hjärtat. Hon slår koden hon fått och öppnar porten, sätter foten emellan och gör sig redo att gå över tröskeln.

Men där blir hon stående. Sluter ögonen. Ska hon verkligen? Hur kommer det att bli? Ingenting är bestämt. Hon har bara pratat med Margret. Kanske, har hon sagt. Säg inget om att jag kommer. Kanske kommer. Det är inte för sent att vända om, ta första tåg tillbaka hem.

Hon sväljer hårt och ser upp mot husväggen. En ljus tegelvägg med påbyggda, inte särskilt smakfulla, inglasade balkonger. Den nedersta balkongen är snett upp till höger om henne där hon står. Några illa skötta men storväxta krukväxter trängs i hörnet av den lilla balkongytan. Bakom dem en stol, och i den sitter någon.

En kvinna i blå tröja med långt, ljusgrått hår, utsläppt över axlarna. Kvinnan blundar mot solen, öppnar sedan ögonen och ser sig om.

Då möts deras blickar.

Snabbt öppnar Jonna porten och går in i den dunkla trappuppgången. Det är för sent att vända om nu. Det finns ingen återvändo.

Du behöver inte springa mer.

Långsamt går hon de åtta trappstegen upp. Räknar till åtta en gång för varje fotsteg. Det blir sextiofyra, en logisk och betryggande siffra, och utan att låta någon annan tanke få plats, går hon mot dörren. Den öppnas innan hon hinner sätta fingret på ringklockan.

Där står Margret. Hon är lika mörk som Jonna mindes henne, men håret ser färgat ut, lite tunnare vid hårfästet. Hon är bredare, bysten större.

"Du kom", säger hon dämpat och ger Jonna en snabb kram. Sedan gör hon en tyst gest in mot lägenheten. "Hon vet ingenting. Du får vara beredd på...ja.".

Inifrån ett annat rum, till höger, hör Jonna så en röst.

"Maggan? Jag tyckte...det var så konstigt för jag såg någon här utanför porten, och hon var så lik...? Så väldigt lik, fast vuxen då. Men jag måste väl ha sett fel?"

Margret ler och blinkar mot Jonna. Sedan vänder hon sig in mot rummet bakom.

"Lik vem, menar du?"

Ljud av steg närmar sig dem, sakta, där de står. Kvinnan blir synlig, ett par meter in i hallen. Hon ser på Jonna. Sedan på Margret, och så på Jonna igen.

"Nä..." Hon tar stöd mot Margrets runda arm.

"Nej, nu ser jag i syne, Maggan."

"Det tror jag inte, min vän."

"Åh, herregud…" Kvinnan sätter handen för munnen och släpper ifrån sig ett litet tjut av gråt.

Jonnas tårar kommer också, de kommer snabbt och helt motståndslöst, hon släpper sin röda kappa i golvet och tar den tunna kvinnan i sin famn. Låter henne sjunka in mot sitt bröst och begraver sin näsa i det fortfarande fuktiga håret.

Jag mindes fel. Nu vet jag det. Det är ju inte någon annans mamma som doftar så här.

Det är du.

Epilog

Det är den tjugofemte mars. Snödroppar och krokus har slagit ut i rabatterna intill en stor, pärongrön trävilla. På gatan bredvid sparkar sig ett litet barn fram på en röd bobbycar. De slitna plasthjulen skrapar i kvarblivet vintergrus. En ung man släntrar fram bredvid barnet och spanar, kanske efter bilar eller cyklister. Kanske efter besök?

I familjen Roséns hus, drygt hundra meter därifrån, sitter Valentin i föräldrarnas källare, som han använder som skrivarlya, med datorn framför sig. På skrivbordet ligger också det lilla blocket och hans vapen, blyertspennan.

Knappt elva månader har gått sedan den där kvällen vid tjärnen, efter gripandet av Tomas Berglund, även kallad Isen. Kvällen då Valentin insett att han just fått en historia värd att skriva om.

Hans höft har läkt fint, fast det har tagit sin lilla tid.

Nu stänger han långsamt laptopen. Det sista klickande ljudet känns ändå tillfredsställande. Valentin har idag redigerat texten, för vilken gång i ordningen minns han inte.

Under morgondagen väntar möte med förlaget, angående omslaget. Mamma har visst stuckit in huvudet med lite rester från gårdagen, när kan det ha varit, i förmiddags någon gång? Sa hon något viktigt då? Han minns inte det heller, det är som om han vaknat ur en lång sömn. Han sträcker på sig, axlarna är stela.

Valentin har gjort grundlig research, samtalat med de allra flesta som nämns i texten. Han har åkt många vändor till Högsboanstalten, eftersom hälften av alla inblandade i manuset nu befinner sig där. Tomas sitter däremot på Tidaholm, och besök där är inte lika enkelt. Laszlo har fått hjälpa honom med kvalificerade gissningar kring Tomas upplevelser.

Valentin har tidigare även fått frågor av polisen, om ett par detaljer. Hur kunde det exempelvis komma sig att Jonnas vänner råkat befinna sig på samma plats som överfallet skedde? Han har kort svarat att Jonna känt sig förföljd och bett dem komma. Att hon sett sig om efter dem just där, och tappat fokus. Kanske var det därför Tomas passat på i samma stund, vem vet? Samma berättelse har de hållit fast vid allihop. Historien är visserligen inte någon fullkomlig lögn, men den är inte på långt när hela sanningen. Hittills har ingen ifrågasatt den, hur som helst.

Tomas Berglund har däremot berättat en historia som han envist hävdar är helt sann. Enligt honom hade han faktiskt planerat att anfalla Jonna, men på något märkligt vis hade det blivit precis tvärtom! *Hon* hade helt plötsligt hoppat på *honom* där i skogen, kastat sin röda kappa över honom, skrikit som en dåre och tagit stryptag, samtidigt som hon varit flörtig och försökt förföra honom mitt i alltihop. Helt absurt! Därefter hade hela hennes team, som suttit i bakhåll, kastat sig fram, beväpnade och stenhårda, en av dem med ett vrål som värsta rovdjuret! En annan med något slags vapen med mängder av taggar, kanske något slags morgonstjärna? En tredje hade huggit honom med en kniv, kanske hans egen, i nacken. Tomas hade, trots sin tappra kamp, inte haft någon chans.

Enligt Tomas egen bedömning borde han alltså inte dömas för mordförsök, utan för förberedelse.

Nu var Tomas vid gripandet beväpnad, med dragen kniv dessutom, och hade även Venoxin i kroppen, så det verkar inte som om någon riktigt värderat hans redogörelse särskilt högt. Dessutom finns det numera starka och trovärdiga vittnesmål från bland andra bröderna Stanovic, så mindre detaljer drunknar så att säga i den större bilden.

Bröderna har förresten löst av varandra i fängelset, Ted har blivit utsläppt och Laszlo åkt in i hans ställe. Fiskrensandet får alltså vänta något år eller två. Laszlo Stanovic tycks själv inte helt missnöjd med upplägget, nu kan han få en paus och fundera över vad han ska göra med sitt liv. Gott om kaffe finns det på anstalten också, och lugn och ro att dricka det.

Valentin har även nyligen hälsat på Jonathan, som nu har drygt fem månader kvar av sin vistelse. Jonathan har funderat mycket över vad som händer efter döden, och har hittills främst använt tiden till att träna och läsa böcker om buddhism. Han har även tagit emot täta besök av en otålig chilenska.

Jonathan har också fått ett meddelande via en vakt, från en viss Hussein Abdi Hasan, som även han avtjänar ett kortare straff på samma anstalt. Hussein vill träffa Jonathan, naturligtvis under säkra omständigheter. Vad Hussein vill, är Jonathan inte helt säker på. Men det vet Valentin, som själv träffat Hussein vid ett par tillfällen. Han har dock valt att fokusera på skrivandet och låtit de båda unga männen reda ut sina förehavanden på egen hand.

Telefonen ringer. Det är Jonna. Det hörs sorl i bakgrunden, och en liten gapande röst.

"Kommer du snart? Niklas har redan börjat med våfflorna och Bianca har världens sämsta tålamod när det gäller mat. Jag med nuförtiden. En effekt av att vara på rymmen kanske?"

Valentin kastar ett öga på tiden. Hoppsan, så var det ju!

"Absolut, jag blev klar precis! Jag är ju på gatan, så jag är där när som helst."'

Valentin gör en kort paus. Ska han fråga?

"Kommer...någon mer?" Jonna svarar inte direkt.

"Jag vet inte", säger hon sedan. "Han har hört av sig men jag...det var ett tag sen vi sågs och...ja, jag vet inte, helt enkelt."

Valentin lovar att skynda sig, i den mån han nu är kapabel till det, lägger på luren och suckar. Han vill inte tjata. Han tar fram den digitala systemkameran, bläddrar bland bilderna. Där är fotot från dagen med Jonna vid Delsjön. Hon hade velat visa honom var hon hållit sig gömd under flykten. Tillsammans vandrade de återigen stigarna de sprungit som barn.

På bilden går hon framför honom på stigen, med sjön till vänster om sig, och kala grenar som sträcker sig mot en isblå himmel. Just när han tagit kortet hade hon hört ett ljud och vänt sig om, mot kameran. Blicken som nu möter hans är vaksam, som ett djurs. Men där finns också något annat. Ett trots? Ja, i allra högsta grad. En vägran, en kraft. Den där urkraften, den lyser ur blicken, lika brinnande som kappans karmosinröda färg.

Eftertänksamt öppnar han skrivbordslådan och tar fram en annan bild, ett litet, tummat, gulnat foto, taget för mycket längesedan, i en gammal fotoautomat. Den föreställer honom själv som femtonåring, med en mörklockig yngling bredvid sig, som med ett brett leende håller upp tre fingrar bakom hans eget huvud.

Tre fingrar för tre vänner.

Bakom dem en flicka som bara delvis syns, i profil. Han minns varför: hon hade haft ett skrattanfall, så allvarligt att hon inte kunnat stå rakt. Han ler vid minnet och följer tankfullt konturerna av deras ansikten med sitt pekfinger. Den unge mannens mörka ögon blickar lyckligt tillbaka på honom.

Valentin vet mycket väl vad som hade hänt den där gången. Adam hade tvingats till att göra slut med Jonna, av sin förtryckande patriark till far, och varit lojal nog att inte berätta för henne, hävdat att det varit kärleken som plötsligt, och utan förvarning, bara självdött. Adam hade direkt efteråt brutit kontakten med dem båda och försvunnit ur deras liv. Efter det hade Jonna dragit sig undan och tvången hade kraftigt förvärrats. Adam hade tagit värvning i en armé av något slag, kanske Afghanistan, för att bevisa något för pappan. Eller skära sig loss ur hans grepp?

Ett par år senare hade de, på omvägar, fått Adams dödsbesked.

Valentin kunde ju naturligtvis själv ha berättat för Jonna. Så varför gjorde han inte det? Det vet han ju, om han ska vara riktigt ärlig. Av svartsjuka och bitterhet, såklart. Om inte Valentin kunde få Adam, så var det ett slags skev rättvisa över att inte heller Jonna skulle få honom. Men det finns väl ingen rättvisa i det, mest skevhet. Det är längesen nu, men på något märkligt vis känns det aktuellt. Kan hon fortfarande undra?

"Du, Adam", säger Valentin till bilden. "Jag tror jag måste berätta sanningen för henne ikväll."

Ynglingen ser lika lycklig ut, och Valentin tolkar det som ett godkännande.

"Kanske var du med oss där vid Stenen ändå? Jag tänkte på dig flera gånger den dagen. Följde du henne där hon gick i skogen?"

Så fort han tänker tanken går en djup rysning genom hela hans kropp, från nacken, ner genom ryggen, armarna, benen. Han står helt still, ser de mörka ögonen framför sig i rummet, som om Adam faktiskt står mitt emot honom nu, här i dunklet, på golvet i skrivarlyan. Han kan urskilja varje ansiktsdrag, ögonbrynens form, blänket i de svarta pupillerna. Känner han inte också Adams doft, blandat med röken från en Lucky strike?

Valentin sluter ögonen och andas in långsamt, låter det hända. Tar in den här stunden. Tar in Adam.

"Ja. Jag ska berätta", viskar han ut i rummet.

Något omskakad blir Valentin stående på golvet. Sedan samlar han sig och ser ner på fotot en sista gång.

"Nu, min käre vän, ska jag gå ut härifrån. Och nu får det faktiskt vara nog med gamla sorger. Men följ med om du vill. Du är välkommen."

Han stoppar in fotot i telefonens plånboksfodral och placerar den varsamt i jackans innerficka, närmast hjärtat. Blocket och blyertspennan lägger han eftertryckligt i skrivbordets översta låda.

Utanför, i vårvinterkvällen, sjunger en koltrast. Sången är djup och klar, ekot magnifikt, och melodin har en ovanligt vacker liten knorr på slutet. Strax svarar en annan fågel med en liknande, men inte helt identisk, melodi.

Som call and response, tänker Valentin. Rop och svar.

Han blir stående i den öppna dörren och ser upp mot träden i sluttningen bakom villorna, där skogen tar vid. En frisk doft sveper ner mot hans ansikte. Han känner sig lätt inuti. Som om nästa steg han tar kommer att vara det första någonsin.

Valentin betraktar rummet, skrivbordet, datorn. Det är dags nu. Magen kurrar, vännerna väntar. Så greppar han nycklarna, går ut på trappan och stänger dörren bakom sig.

Livet ropar. Då gäller det att svara.